ORÁCULO MANUAL Y ARTE DE LA PRUDENCIA

Baltasar Gracián

Ni al justo leyes, ni al sabio consejos; pero ninguno supo bastantemente para sí. Una cosa me has de perdonar y otra agradecer: el llamar Oráculo a este epítome de aciertos del vivir, pues lo es en lo sentencioso y lo conciso; el ofrecerte de un rasgo todos los doce Gracianes, tan estimado cada uno, que El Discreto apenas se vio en España cuando se logró en Francia, traducido en su lengua e impreso en su Corte. Sirva éste de memorial a la razón en el banquete de sus sabios, en que registre los platos prudenciales que se le irán sirviendo en las demás obras para distribuir el gusto genialmente.

1. Todo está ya en su punto, y el ser persona en el mayor. Más se requiere hoy para un sabio que antiguamente para siete; y más es menester para tratar con un solo hombre en estos tiempos que con todo un pueblo en los pasados.

2. Genio e ingenio. Los dos ejes del lucimiento de prendas: el uno sin el otro, felicidad a medias. No basta lo entendido, deséase lo genial. Infelicidad de necio: errar la vocación en el estado, empleo, región, familiaridad.

3. Llevar sus cosas con suspensión. La admiración de la novedad es estimación de los aciertos. El jugar a juego descubierto ni es de utilidad ni de gusto. El no declararse luego suspende, y más donde la sublimidad del empleo da objeto a la universal expectación; amaga misterio en todo, y con su misma arcanidad provoca la veneración. Aun en el darse a entender se ha de huir la llaneza, así como ni en el trato se ha de permitir el interior a todos. Es el recatado silencio sagrado de la cordura. La resolución declarada nunca fue estimada; antes se permite a la censura, y si saliere azar, será dos veces infeliz. Imítese, pues, el proceder divino para hacer estar a la mira y al desvelo.

4. El saber y el valor alternan grandeza. Porque lo son, hacen inmortales; tanto es uno cuanto sabe, y el sabio todo lo puede. Hombre sin noticias, mundo a oscuras. Consejo y fuerzas, ojos y manos: sin valor es estéril la sabiduría.

5. Hacer depender. No hace el numen el que lo dora, sino el que lo adora: el sagaz más quiere necesitados de sí que agradecidos. Es robarle a la esperanza cortés fiar del agradecimiento villano, que lo que aquella es memoriosa es éste olvidadizo. Más se saca de la dependencia que de la cortesía: vuelve luego las espaldas a la fuente el satisfecho, y la naranja exprimida cae del oro al lodo. Acabada la dependencia, acaba la correspondencia, y con ella la estimación. Sea lección, y de prima en experiencia, entretenerla, no satisfacerla,

conservando siempre en necesidad de sí aun al coronado patrón; pero no se ha de llegar al exceso de callar para que yerre, ni hacer incurable el daño ajeno por el provecho propio.

6. Hombre en su punto. No se nace hecho: vase de cada día perfeccionando en la persona, en el empleo, hasta llegar al punto del consumado ser, al complemento de prendas, de eminencias. Conocerse ha en lo realzado del gusto, purificado del ingenio, en lo maduro del juicio, en lo defecado de la voluntad. Algunos nunca llegan a ser cabales, fáltales siempre un algo; tardan otros en hacerse. El varón consumado, sabio en dichos, cuerdo en hechos, es admitido y aun deseado del singular comercio de los discretos.

7. Excusar victorias del patrón. Todo vencimiento es odioso, y del dueño, o necio, o fatal. Siempre la superioridad fue aborrecida, cuanto más de la misma superioridad. Ventajas vulgares suele disimular la atención, como desmentir la belleza con el desaliño. Bien se hallará quien quiera ceder en la dicha, y en el genio; pero en el ingenio, ninguno, cuanto menos una soberanía. Es éste el atributo rey, y así cualquier crimen contra él fue de lesa Majestad. Son soberanos, y quieren serlo en lo que es más. Gustan de ser ayudados los príncipes, pero no excedidos, y que el aviso haga antes viso de recuerdo de lo que olvidaba que de luz de lo que no alcanzó. Enséñannos esta sutileza los astros con dicha, que aunque hijos, y brillantes, nunca se atreven a los lucimientos del sol.

8. Hombre inapasionable, prenda de la mayor alteza de ánimo. Su misma superioridad le redime de la sujeción a peregrinas vulgares impresiones. No hay mayor señorío que el de sí mismo, de sus afectos, que llega a ser triunfo del albedrío. Y cuando la pasión ocupare lo personal, no se atreva al oficio, y menos cuanto fuere más: culto modo de ahorrar disgustos, y aun de atajar para la reputación.

9. Desmentir los achaques de su nación. Participa el agua las calidades buenas o malas de las venas por donde pasa, y el hombre las del clima donde nace. Deben más unos que otros a sus patrias, que cupo allí más favorable el cenit. No hay nación que se escape de algún original defecto: aun las más cultas, que luego censuran los confinantes, o para cautela, o para consuelo. Victoriosa destreza corregir, o por lo menos desmentir estos nacionales desdoros: consíguese el plausible crédito de único entre los suyos, que lo que menos se esperaba se estimó más. Hay también achaques de la prosapia, del estado, del empleo y de la edad, que si coinciden todos en un sujeto y con la atención no se previenen, hacen un monstruo intolerable.

10. Fortuna y Fama. Lo que tiene de inconstante la una, tiene de firme la otra. La primera para vivir, la segunda para después; aquella contra la envidia, esta contra el olvido. La fortuna se desea y tal vez se ayuda, la fama se diligencia; deseo de reputación nace de la virtud. Fue, y es hermana de gigantes la fama; anda siempre por extremos, o monstruos, o prodigios, de abominación, de aplauso.

11. Tratar con quien se pueda aprender. Sea el amigable trato escuela de erudición, y la conversación enseñanza culta; un hacer de los amigos maestros, penetrando el útil del aprender con el gusto del conversar. Altérnase la fruición con los entendidos, logrando lo que se dice en el aplauso con que se recibe, y lo que se oye en el amaestramiento. Ordinariamente nos lleva a otro la propia conveniencia, aquí realzada. Frecuenta el atento las casas de aquellos héroes cortesanos, que son más teatros de la heroicidad que palacios de la vanidad. Hay señores acreditados de discretos que, a más de ser ellos oráculos de toda grandeza con su ejemplo y en su trato, el cortejo de los que los asisten es una cortesana academia de toda buena y galante discreción.

12. Naturaleza y arte; materia y obra. No hay belleza sin ayuda, ni perfección que no dé en bárbara sin el realce del artificio: a lo malo socorre y lo bueno lo perfecciona. Déjanos comúnmente a lo mejor la

naturaleza, acojámonos al arte. El mejor natural es inculto sin ella, y les falta la mitad a las perfecciones si les falta la cultura. Todo hombre sabe a tosco sin el artificio, y ha menester pulirse en todo orden de perfección.

13. Obrar de intención, ya segunda, y ya primera. Milicia es la vida del hombre contra la malicia del hombre, pelea la sagacidad con estratagemas de intención. Nunca obra lo que indica, apunta, sí, para deslumbrar; amaga al aire con destreza y ejecuta en la impensada realidad, atenta siempre a desmentir. Echa una intención para asegurarse de la émula atención, y revuelve luego contra ella venciendo por lo impensado. Pero la penetrante inteligencia la previene con atenciones, la acecha con reflejas, entiende siempre lo contrario de lo que quiere que entienda, y conoce luego cualquier intentar de falso; deja pasar toda primera intención, y está en espera a la segunda y aun a la tercera. Auméntase la simulación al ver alcanzado su artificio, y pretende engañar con la misma verdad: muda de juego por mudar de treta, y hace artificio del no artificio, fundando su astucia en la mayor candidez. Acude la observación entendiendo su perspicacia, y descubre las tinieblas revestidas de la luz; descifra la intención, más solapada cuanto más sencilla. De esta suerte combaten la calidez de Pitón contra la candidez de los penetrantes rayos de Apolo.

14. La realidad y el modo. No basta la sustancia, requiérese también la circunstancia. Todo lo gasta un mal modo, hasta la justicia y razón. El bueno todo lo suple: dora el no, endulza la verdad y afeita la misma vejez. Tiene gran parte en las cosas el cómo, y es tahúr de los gustos el modillo. Un bel portarse es la gala del vivir, desempeña singularmente todo buen término.

15. Tener ingenios auxiliares. Felicidad de poderosos: acompañarse de valientes de entendimiento que le saquen de todo ignorante aprieto, que le riñan las pendencias de la dificultad. Singular grandeza servirse de sabios, y que excede al bárbaro gusto de Tigranes, aquel que afectaba los rendidos reyes para criados. Nuevo

género de señorío, en lo mejor del vivir hacer siervos por arte de los que hizo la naturaleza superiores. Hay mucho que saber y es poco el vivir, y no se vive si no se sabe. Es, pues, singular destreza el estudiar sin que cueste, y mucho por muchos, sabiendo por todos. Dice después en un consistorio por muchos, o por su boca hablan tantos sabios cuantos le previnieron, consiguiendo el crédito de oráculo a sudor ajeno. Hacen aquellos primero elección de la lección, y sírvenle después en quintas esencias el saber. Pero el que no pudiere alcanzar a tener la sabiduría en servidumbre, lógrela en familiaridad.

16. Saber con recta intención. Asegura fecundidad de aciertos. Monstruosa violencia fue siempre un buen entendimiento casado con una mala voluntad. La intención malévola es un veneno de las perfecciones y, ayudada del saber, malea con mayor sutileza: (infeliz eminencia la que se emplea en la ruindad! Ciencia sin seso, locura doble.

17. Variar de tenor en el obrar. No siempre de un modo, para deslumbrar la atención, y más si émula. No siempre de primera intención, que le cogerán la uniformidad, previniéndole, y aun frustrándole las acciones. Fácil es de matar al vuelo el ave que le tiene seguido, no así la que le tuerce. Ni siempre de segunda intención, que le entenderán a dos veces la treta. Está a la espera la malicia; gran sutileza es menester para desmentirla. Nunca juega el tahúr la pieza que el contrario presume, y menos la que desea.

18. Aplicación y Minerva. No hay eminencia sin entrambas, y si concurren, exceso. Más consigue una medianía con aplicación que una superioridad sin ella. Cómprase la reputación a precio de trabajo; poco vale lo que poco cuesta. Aun para los primeros empleos se deseó en algunos la aplicación: raras veces desmiente al genio. No ser eminente en el empleo vulgar por querer ser mediano en el sublime, excusa tiene de generosidad; pero contentarse con ser mediano en el último, pudiendo ser excelente en el primero, no la tiene. Requiérense, pues, naturaleza y arte, y sella la aplicación.

19. No entrar con sobrada expectación. Ordinario desaire de todo lo muy celebrado antes, no llegar después al exceso de lo concebido. Nunca lo verdadero pudo alcanzar a lo imaginado, porque el fingirse las perfecciones es fácil, y muy dificultoso el conseguirlas. Cásase la imaginación con el deseo, y concibe siempre mucho más de lo que las cosas son. Por grandes que sean las excelencias, no bastan a satisfacer el concepto, y como le hallan engañado con la exorbitante expectación, más presto le desengañan que le admiran. La esperanza es gran falsificadora de la verdad: corríjala la cordura, procurando que sea superior la fruición al deseo. Unos principios de crédito sirven de despertar la curiosidad, no de empeñar el objeto. Mejor sale cuando la realidad excede al concepto y es más de lo que se creyó. Faltará esta regla en lo malo, pues le ayuda la misma exageración; desmiéntela con aplauso, y aun llega a parecer tolerable lo que se temió extremo de ruin.

20. Hombre en su siglo. Los sujetos eminentemente raros dependen de los tiempos. No todos tuvieron el que merecían, y muchos, aunque le tuvieron, no acertaron a lograrle. Fueron dignos algunos de mejor siglo, que no todo lo bueno triunfa siempre; tienen las cosas su vez, hasta las eminencias son al uso. Pero lleva una ventaja lo sabio, que es eterno; y si este no es su siglo, muchos otros lo serán.

21. Arte para ser dichoso. Reglas hay de ventura, que no toda es acasos para el sabio; puede ser ayudada de la industria. Conténtanse algunos con ponerse de buen aire a las puertas de la fortuna y esperan a que ella obre. Mejor otros, pasan adelante y válense de la cuerda audacia, que en alas de su virtud y valor puede dar alcance a la dicha, y lisonjearla eficazmente. Pero, bien filosofado, no hay otro arbitrio sino el de la virtud y atención, porque no hay más dicha ni más desdicha que prudencia o imprudencia.

22. Hombre de plausibles noticias. Es munición de discretos la cortesana gustosa erudición: un práctico saber de todo lo corriente, más a lo noticioso, menos a lo vulgar. Tener una sazonada copia de sales en dichos, de galantería en hechos, y saberlos emplear en su

ocasión, que salió a veces mejor el aviso en un chiste que en el más grave magisterio. Sabiduría conversable valioles más a algunos que todas las siete, con ser tan liberales.

23. No tener algún desdoro. El sino de la perfección. Pocos viven sin achaque, así en lo moral como en lo natural, y se apasionan por ellos pudiendo curar con facilidad. Lastímase la ajena cordura de que tal vez a una sublime universalidad de prendas se le atreva un mínimo defecto, y basta una nube a eclipsar todo un sol. Son lunares de la reputación, donde para luego, y aun repara, la malevolencia. Suma destreza sería convertirlos en realces. De esta suerte supo César laurear el natural desaire.

24. Templar la imaginación. Unas veces corrigiéndola, otras ayudándola, que es el todo para la felicidad, y aun ajusta la cordura. Da en tirana: ni se contenta con la especulación, sino que obra, y aun suele señorearse de la vida, haciéndola gustosa o pesada, según la necedad en que da, porque hace descontentos o satisfechos de sí mismos. Representa a unos continuamente penas, hecha verdugo casero de necios. Propone a otros felicidades y aventuras con alegre desvanecimiento. Todo esto puede, si no la enfrena la prudentísima sindéresis.

25. Buen entendedor. Arte era de artes saber discurrir: ya no basta, menester es adivinar, y más en desengaños. No puede ser entendido el que no fuere buen entendedor. Hay zahoríes del corazón y linces de las intenciones. Las verdades que más nos importan vienen siempre a medio decir; recíbanse del atento a todo entender: en lo favorable, tirante la rienda a la credulidad; en lo odioso, picarla.

26. Hallarle su torcedor a cada uno. Es el arte de mover voluntades; más consiste en destreza que en resolución: un saber por dónde se le ha de entrar a cada uno. No hay voluntad sin especial afición, y diferentes según la variedad de los gustos. Todos son idólatras: unos de la estimación, otros del interés, y los más del deleite. La maña

está en conocer estos ídolos para el motivar, conociéndole a cada uno su eficaz impulso: es como tener la llave del querer ajeno. Hase de ir al primer móvil, que no siempre es el supremo, las más veces es el ínfimo, porque son más en el mundo los desordenados que los subordinados. Hásele de prevenir el genio primero, tocarle el verbo después, cargar con la afición, que infaliblemente dará mate al albedrío.

27. Pagarse más de intensiones que de extensiones. No consiste la perfección en la cantidad, sino en la calidad. Todo lo muy bueno fue siempre poco y raro, es descrédito lo mucho. Aun entre los hombres, los gigantes suelen ser los verdaderos enanos. Estiman algunos los libros por la corpulencia, como si se escribiesen para ejercitar antes los brazos que los ingenios. La extensión sola nunca pudo exceder de medianía, y es plaga de hombres universales por querer estar en todo, estar en nada. La intensión da eminencia, y heroica si en materia sublime.

28. En nada vulgar. No en el gusto. (Oh, gran sabio el que se descontentaba de que sus cosas agradasen a los muchos!: hartazgos de aplauso común no satisfacen a los discretos. Son algunos tan camaleones de la popularidad, que ponen su fruición no en las mareas suavísimas de Apolo, sino en el aliento vulgar. Ni en el entendimiento, no se pague de los milagros del vulgo, que no pasan de espantaignorantes, admirando la necedad común cuando desengañando la advertencia singular.

29. Hombre de entereza. Siempre de parte de la razón, con tal tesón de su propósito, que ni la pasión vulgar, ni la violencia tirana le obliguen jamás a pisar la raya de la razón. Pero)quién será este fénix de la equidad?, que tiene pocos finos la entereza. Celébranla muchos, mas no por su casa; síguenla otros hasta el peligro; en él los falsos la niegan, los políticos la disimulan. No repara ella en encontrarse con la amistad, con el poder, y aun con la propia conveniencia, y aquí es el aprieto del desconocerla. Abstraen los astutos con metafísica plausible por no agraviar, o la razón superior,

o la de estado; pero el constante varón juzga por especie de traición el disimulo; préciase más de la tenacidad que de la sagacidad; hállase donde la verdad se halla; y si deja los sujetos, no es por variedad suya, sino de ellos en dejarla primero.

30. No hacer profesión de empleos desautorizados. Mucho menos de quimera, que sirve más de solicitar el desprecio que el crédito. Son muchas las sectas del capricho, y de todas ha de huir el varón cuerdo. Hay gustos exóticos, que se casan siempre con todo aquello que los sabios repudian: viven muy pagados de toda singularidad, que aunque los hace muy conocidos, es más por motivos de la risa que de la reputación. Aun en profesión de sabio no se ha de señalar el atento, mucho menos en aquellas que hacen ridículos a sus afectantes, ni se especifican, porque las tiene individuadas el común descrédito.

31. Conocer los afortunados, para la elección; y los desdichados, para la fuga. La infelicidad es de ordinario crimen de necedad, y de participantes: no ay contagión tan apegadiza. Nunca se le ha de abrir la puerta al menor mal, que siempre vendrán tras él otros muchos, y mayores, en celada. La mejor treta del juego es saberse descartar: más importa la menor carta del triunfo que corre que la mayor del que pasó. En duda, acierto es llegarse a los sabios y prudentes, que tarde o temprano topan con la ventura.

32. Estar en opinión de dar gusto. Para los que gobiernan, gran crédito de agradar: realce de soberanos para conquistar la gracia universal. Esta sola es la ventaja del mandar: poder hacer más bien que todos. Aquellos son amigos que hacen amistades. Al contrario, están otros puestos en no dar gusto, no tanto por lo cargoso cuanto por lo maligno, opuestos en todo a la divina comunicabilidad.

33. Saber abstraer, que si es gran lección del vivir el saber negar, mayor será saberse negar a sí mismo, a los negocios, a los personajes. Hay ocupaciones extrañas, polillas del precioso tiempo,

y peor es ocuparse en lo impertinente que hacer nada. No basta para atento no ser entremetido, mas es menester procurar que no le entremetan. No ha de ser tan de todos, que no sea de sí mismo. Aun de los amigos no se ha de abusar, ni quiera más de ellos de lo que le concedieren. Todo lo demasiado es vicioso, y mucho más en el trato. Con esta cuerda templanza se conserva mejor el agrado con todos, y la estimación, porque no se roza la preciosísima decencia. Tenga, pues, libertad de genio, apasionado de lo selecto, y nunca peque contra la fe de su buen gusto.

34. Conocer su realce rey: la prenda relevante, cultivando aquella, y ayudando a las demás. Cualquiera hubiera conseguido la eminencia en algo si hubiera conocido su ventaja. Observe el atributo rey, y cargue la aplicación: en unos excede el juicio, en otros el valor. Violentan los más su Minerva, y así en nada consiguen superioridad: lo que lisonjea presto la pasión desengaña tarde el tiempo.

35. Hacer concepto. Y más de lo que importa más. No pensando se pierden todos los necios: nunca conciben en las cosas la mitad; y como no perciben el daño, o la conveniencia, tampoco aplican la diligencia. Hacen algunos mucho caso de lo que importa poco, y poco de lo que mucho, ponderando siempre al revés. Muchos, por faltos de sentido, no le pierden. Cosas hay que se deberían observar con todo el conato y conservar en la profundidad de la mente. Hace concepto el sabio de todo, aunque con distinción cava donde hay fondo y reparo; y piensa tal vez que hay más de lo que piensa, de suerte que llega la reflexión adonde no llegó la aprehensión.

36. Tener tanteada su fortuna: para el proceder, para el empeñarse. Importa más que la observación del temperamento, que si es necio el que a cuarenta años llama a Hipócrates para la salud, más el que a Séneca para la cordura. Gran arte saberla regir, ya esperándola, que también cabe la espera en ella, ya lográndola, que tiene vez y contingente, si bien no se le puede coger el tenor, tan anómalo es su proceder. El que la observó favorable prosiga con despejo, que suele

apasionarse por los osados; y aun, como bizarra, por los jóvenes. No obre el que es infeliz, retírese, ni le dé lugar de dos infelicidades. Adelante el que le predomina.

37. Conocer y saber usar de las varillas. Es el punto más sutil del humano trato. Arrójanse para tentativa de los ánimos, y hácese con ellas la más disimulada y penetrante tienta del corazón. Otras hay maliciosas, arrojadizas, tocadas de la yerba de la envidia, untadas del veneno de la pasión: rayos imperceptibles para derribar de la gracia, y de la estimación. Cayeron muchos de la privanza superior y inferior, heridos de un leve dicho de estos, a quienes toda una conjuración de murmuración vulgar y malevolencia singular no fueron bastantes a causar la más leve trepidación. Obran otras, al contrario, por favorables, apoyando y confirmando en la reputación. Pero con la misma destreza con que las arroja la intención las ha de recibir la cautela y esperarlas la atención, porque está librada la defensa en el conocer y queda siempre frustrado el tiro prevenido.

38. Saberse dejar ganando con la fortuna. Es de tahúres de reputación. Tanto importa una bella retirada como una bizarra acometida; un poner en cobro las hazañas cuando fueren bastantes, cuando muchas. Continuada felicidad fue siempre sospechosa; más segura es la interpolada, y que tenga algo de agridulce, aun para la fruición. Cuanto más atropellándose las dichas, corren mayor riesgo de deslizar y dar al traste con todo. Recompénsase tal vez la brevedad de la duración con la intensión del favor. Cánsase la fortuna de llevar a uno a cuestas tan a la larga.

39. Conocer las cosas en su punto, en su sazón, y saberlas lograr. Las obras de la naturaleza todas llegan al complemento de su perfección; hasta allí fueron ganando, desde allí perdiendo. Las del arte, raras son las que llegan al no poderse mejorar. Es eminencia de un buen gusto gozar de cada cosa en su complemento: no todos pueden, ni los que pueden saben. Hasta en los frutos del entendimiento hay ese punto de madurez; importa conocerla para la estimación y el ejercicio.

40. Gracia de las gentes. Mucho es conseguir la admiración común, pero más la afición; algo tiene de estrella, lo más de industria; comienza por aquella y prosigue por esta. No basta la eminencia de prendas, aunque se supone que es fácil de ganar el afecto, ganado el concepto. Requiérese, pues, para la benevolencia, la beneficencia: hacer bien a todas manos, buenas palabras y mejores obras, amar para ser amado. La cortesía es el mayor hechizo político de grandes personajes. Hase de alargar la mano primero a las hazañas y después a las plumas, de la hoja a las hojas, que hay gracia de escritores, y es eterna.

41. Nunca exagerar. Gran asunto de la atención, no hablar por superlativos, ya por no exponerse a ofender la verdad, ya por no desdorar su cordura. Son las exageraciones prodigalidades de la estimación, y dan indicio de la cortedad del conocimiento y del gusto. Despierta vivamente a la curiosidad la alabanza, pica el deseo, y después, si no corresponde el valor al aprecio, como de ordinario acontece, revuelve la expectación contra el engaño y despícase en el menosprecio de lo celebrado y del que celebró. Anda, pues, el cuerdo muy detenido, y quiere más pecar de corto que de largo. Son raras las eminencias: témplese la estimación. El encarecer es ramo de mentir, y piérdese en ello el crédito de buen gusto, que es grande, y el de entendido, que es mayor.

42. Del natural imperio. Es una secreta fuerza de superioridad. No ha de proceder del artificio enfadoso, sino de un imperioso natural. Sujétansele todos sin advertir el cómo, reconociendo el secreto vigor de la connatural autoridad. Son estos genios señoriles, reyes por mérito y leones por privilegio innato, que cogen el corazón, y aun el discurso, a los demás, en fe de su respeto. Si las otras prendas favorecen, nacieron para primeros mobles políticos, porque ejecutan más con un amago que otros con una prolijidad.

43. Sentir con los menos y hablar con los más. Querer ir contra el corriente es tan imposible al desengaño cuanto fácil al peligro. Sólo un Sócrates podría emprenderlo. Tiénese por agravio el disentir,

porque es condenar el juicio ajeno. Multiplícanse los disgustados, ya por el sujeto censurado, ya del que lo aplaudía. La verdad es de pocos, el engaño es tan común como vulgar. Ni por el hablar en la plaza se ha de sacar el sabio, pues no habla allí con su voz, sino con la de la necedad común, por más que la esté desmintiendo su interior. Tanto huye de ser contradicho el cuerdo como de contradecir, lo que es pronto a la censura es detenido a la publicidad de ella. El sentir es libre, no se puede ni debe violentar; retírase al sagrado de su silencio; y si tal vez se permite, es a sombra de pocos y cuerdos.

44. Simpatía con los grandes varones. Prenda es de héroe el combinar con héroes: prodigio de la naturaleza por lo oculto y por lo ventajoso. Hay parentesco de corazones, y de genios, y son sus efectos los que la ignorancia vulgar achaca bebedizos. No para en sola estimación, que adelanta benevolencia, y aun llega a propensión: persuade sin palabras, y consigue sin méritos. Hayla activa, y la hay pasiva; una y otra felices, cuanto más sublimes. Gran destreza el conocerlas, distinguirlas y saberlas lograr, que no hay porfía que baste sin este favor secreto.

45. Usar, no abusar, de las reflejas. No se han de afectar, menos dar a entender. Toda arte se ha de encubrir, que es sospechosa, y más la de cautela, que es odiosa. Úsase mucho el engaño; multiplíquese el recelo, sin darse a conocer, que ocasionaría la desconfianza; mucho desobliga y provoca a la venganza, despierta el mal que no se imaginó. La reflexión en el proceder es gran ventaja en el obrar: no hay mayor argumento del discurso. La mayor perfección de las acciones está afianzada del señorío con que se ejecutan.

46. Corregir su antipatía. Solemos aborrecer de grado, y aun antes de las previstas prendas. Y tal vez se atreve esta innata vulgarizante aversión a los varones eminentes. Corríjala la cordura, que no hay peor descrédito que aborrecer a los mejores: lo que es de ventaja la simpatía con héroes es de desdoro la antipatía.

47. Huir los empeños. Es de los primeros asuntos de la prudencia. En las grandes capacidades siempre hay grandes distancias hasta los últimos trances: hay mucho que andar de un extremo a otro, y ellos siempre se están en el medio de su cordura; llegan tarde al rompimiento, que es más fácil hurtarle el cuerpo a la ocasión que salir bien de ella. Son tentaciones de juicio, más seguro el huirlas que el vencerlas. Trae un empeño otro mayor, y está muy al canto del despeño. Hay hombres ocasionados por genio, y aun por nación, fáciles de meterse en obligaciones; pero el que camina a la luz de la razón siempre va muy sobre el caso: estima por más valor el no empeñarse que el vencer, y ya que haya un necio ocasionado, excusa que con él no sean dos.

48. Hombre con fondos, tanto tiene de persona. Siempre ha de ser otro tanto más lo interior que lo exterior en todo. Hay sujetos de sola fachada, como casas por acabar, porque faltó el caudal: tienen la entrada de palacio, y de choza la habitación. No hay en estos donde parar, o todo para, porque, acabada la primera salutación, acabó la conversación. Entran por las primeras cortesías como caballos sicilianos, y luego paran en silenciarios, que se agotan las palabras donde no hay perenidad de concepto. Engañan estos fácilmente a otros, que tienen también la vista superficial; pero no a la astucia, que, como mira por dentro, los halla vaciados para ser fábula de los discretos.

49. Hombre juicioso y notante. Señoréase él de los objetos, no los objetos de él. Sonda luego el fondo de la mayor profundidad; sabe hacer anatomía de un caudal con perfección. En viendo un personaje, le comprehende y lo censura por esencia. De raras observaciones, gran descifrador de la más recatada interioridad. Nota acre, concibe sutil, infiere juicioso: todo lo descubre, advierte, alcanza y comprehende.

50. Nunca perderse el respeto a sí mismo. Ni se roce consigo a solas. Sea su misma entereza norma propia de su rectitud, y deba más a la severidad de su dictamen que a todos los extrínsecos preceptos. Deje

de hacer lo indecente más por el temor de su cordura que por el rigor de la ajena autoridad. Llegue a temerse, y no necesitará del ayo imaginario de Séneca.

51. Hombre de buena elección. Lo más se vive de ella. Supone el buen gusto y el rectísimo dictamen, que no bastan el estudio ni el ingenio. No hay perfección donde no hay delecto; dos ventajas incluye: poder escoger, y lo mejor. Muchos de ingenio fecundo y sutil, de juicio acre, estudiosos y noticiosos también, en llegando al elegir, se pierden; cásanse siempre con lo peor, que parece afectan el errar, y así este es uno de los dones máximos de arriba.

52. Nunca descomponerse. Gran asunto de la cordura, nunca desbaratarse: mucho hombre arguye, de corazón coronado, porque toda magnanimidad es dificultosa de conmoverse. Son las pasiones los humores del ánimo, y cualquier exceso en ellas causa indisposición de cordura; y si el mal saliere a la boca, peligrará la reputación. Sea, pues, tan señor de sí, y tan grande, que ni en lo más próspero, ni en lo más adverso pueda alguno censurarle perturbado, sí admirarle superior.

53. Diligente e inteligente. La diligencia ejecuta presto lo que la inteligencia prolijamente piensa. Es pasión de necios la prisa, que, como no descubren el tope, obran sin reparo. Al contrario, los sabios suelen pecar de detenidos, que del advertir nace el reparar. Malogra tal vez la ineficacia de la remisión lo acertado del dictamen. La presteza es madre de la dicha. Obró mucho el que nada dejó para mañana. Augusta empresa, correr a espacio.

54. Tener bríos a lo cuerdo. Al león muerto, hasta las liebres le repelan. No hay burlas con el valor: si cede al primero, también habrá de ceder al segundo, y de este modo hasta el último. La misma dificultad habrá de vencer tarde, que valiera más desde luego. El brío del ánimo excede al del cuerpo: es como la espada, ha de ir siempre envainado en su cordura, para la ocasión. Es el

resguardo de la persona: más daña el descaecimiento del ánimo que el del cuerpo. Tuvieron muchos prendas eminentes, que por faltarles este aliento del corazón, parecieron muertos y acabaron sepultados en su dejamiento, que no sin providencia juntó la naturaleza acudida la dulzura de la miel con lo picante del aguijón en la abeja. Nervios y huesos hay en el cuerpo: no sea el ánimo todo blandura.

55. Hombre de espera. Arguye gran corazón, con ensanches de sufrimiento. Nunca apresurarse ni apasionarse. Sea uno primero señor de sí, y lo será después de los otros. Hase de caminar por los espacios del tiempo al centro de la ocasión. La detención prudente sazona los aciertos y madura los secretos. La muleta del tiempo es más obradora que la acerada clava de Hércules. El mismo Dios no castiga con bastón, sino con sazón. Gran decir: "El Tiempo y yo, a otros dos". La misma fortuna premia el esperar con la grandeza del galardón.

56. Tener buenos repentes. Nacen de una prontitud feliz. No hay aprietos ni acasos para ella, en fe de su vivacidad y despejo. Piensan mucho algunos para errarlo todo después, y otros lo aciertan todo sin pensarlo antes. Hay caudales de antiparistasi, que, empeñados, obran mejor: suelen ser monstruos que de pronto todo lo aciertan, y todo lo yerran de pensado; lo que no se les ofrece luego, nunca, ni hay que apelar a después. Son plausibles los prestos, porque arguyen prodigiosa capacidad: en los conceptos, sutileza; en las obras, cordura.

57. Más seguros son los pensados. Harto presto, si bien. Lo que luego se hace, luego se deshace; mas lo que ha de durar una eternidad, ha de tardar otra en hacerse. No se atiende sino a la perfección y sólo el acierto permanece. Entendimiento con fondos logra eternidades. Lo que mucho vale, mucho cuesta, que aun el más precioso de los metales es el más tardo y más grave.

58. Saberse atemperar. No se ha de mostrar igualmente entendido con todos, ni se han de emplear más fuerzas de las que son menester. No haya desperdicios, ni de saber, ni de valer. No echa a la presa el buen cetrero más rapiña de la que ha menester para darle caza. No esté siempre de ostentación, que al otro día no admirará. Siempre ha de haber novedad con que lucir, que quien cada día descubre más, mantiene siempre la expectación y nunca llegan a descubrirle los términos de su gran caudal.

59. Hombre de buen dejo. En casa de la fortuna, si se entra por la puerta del placer, se sale por la del pesar, y al contrario. Atención, pues, al acabar, poniendo más cuidado en la felicidad de la salida que en el aplauso de la entrada. Desaire común es de afortunados tener muy favorables los principios y muy trágicos los fines. No está el punto en el vulgar aplauso de una entrada, que esas todos las tienen plausibles; pero sí en el general sentimiento de una salida, que son raros los deseados. Pocas veces acompaña la dicha a los que salen: lo que se muestra de cumplida con los que vienen, de descortés con los que van.

60. Buenos dictámenes. Nácense algunos prudentes: entran con esta ventaja de la sindéresis connatural en la sabiduría, y así tienen la mitad andada para los aciertos. Con la edad y la experiencia viene a sazonarse del todo la razón, y llegan a un juicio muy templado. Abominan de todo capricho como de tentación de la cordura, y más en materias de estado, donde por la suma importancia se requiere la total seguridad. Merecen estos la asistencia al governalle, o para ejercicio o para consejo.

61. Eminencia en lo mejor. Una gran singularidad entre la pluralidad de perfecciones. No puede haber héroe que no tenga algún extremo sublime: las medianías no son asunto del aplauso. La eminencia en relevante empleo saca de un ordinario vulgar y levanta a categoría de raro. Ser eminente en profesión humilde es ser algo en lo poco; lo que tiene más de lo deleitable, tiene menos de

lo glorioso. El exceso en aventajadas materias es como un carácter de soberanía: solicita la admiración y concilia el afecto.

62. Obrar con buenos instrumentos. Quieren algunos que campee el extremo de su sutileza en la ruindad de los instrumentos: peligrosa satisfacción, merecedora de un fatal castigo. Nunca la bondad del ministro disminuyó la grandeza del patrón; antes, toda la gloria de los aciertos recae después sobre la causa principal, así como al contrario el vituperio. La fama siempre va con los primeros. Nunca dice: "Aquel tuvo buenos o malos ministros", sino: "Aquel fue buen o mal artífice". Haya, pues, elección, haya examen, que se les ha de fiar una inmortalidad de reputación.

63. Excelencia de primero. Y si con eminencia, doblada. Gran ventaja jugar de mano, que gana en igualdad. Hubieran muchos sido fénix en los empleos a no irles otros delante. Álzanse los primeros con el mayorazgo de la fama, y quedan para los segundos pleiteados alimentos; por más que suden, no pueden purgar el vulgar achaque de imitación. Sutileza fue de prodigiosos inventar rumbo nuevo para las eminencias, con tal que asegure primero la cordura los empeños. Con la novedad de los asuntos se hicieron lugar los sabios en la matrícula de los heroicos. Quieren algunos más ser primeros en segunda categoría que ser segundos en la primera.

64. Saberse excusar pesares. Es cordura provechosa ahorrar de disgustos. La prudencia evita muchos: es Lucina de la felicidad, y por eso del contento. Las odiosas nuevas, no darlas, menos recibirlas: hánseles de vedar las entradas, si no es la del remedio. A unos se les gastan los oídos de oír mucho dulce en lisonjas; a otros, de escuchar amargo en chismes; y hay quien no sabe vivir sin algún cotidiano sinsabor, como ni Mitrídates sin veneno. Tampoco es regla de conservarse querer darse a sí un pesar de toda la vida por dar placer una vez a otro, aunque sea el más propio. Nunca se ha de pecar contra la dicha propia por complacer al que aconseja y se queda fuera; y en todo acontecimiento, siempre que se encontraren el hacer placer a otro con el hacerse a sí pesar, es lección de

conveniencia que vale más que el otro se disguste ahora que no tú después y sin remedio.

65. Gusto relevante. Cabe cultura en él, así como en el ingenio. Realza la excelencia del entender el apetito del desear, y después la fruición del poseer. Conócese la altura de un caudal por la elevación del afecto. Mucho objeto ha menester para satisfacerse una gran capacidad; así como los grandes bocados son para grandes paladares, las materias sublimes para los sublimes genios. Los más valientes objetos le temen y las más seguras perfecciones desconfían; son pocas las de primera magnitud: sea raro el aprecio. Péganse los gustos con el trato y se heredan con la continuidad: gran suerte comunicar con quien le tiene en su punto. Pero no se ha de hacer profesión de desagradarse de todo, que es uno de los necios extremos, y más odioso cuando por afectación que por destemplanza. Quisieran algunos que criara Dios otro mundo y otras perfecciones para satisfacción de su extravagante fantasía.

66. Atención a que le salgan bien las cosas. Algunos ponen más la mira en el rigor de la dirección que en la felicidad del conseguir intento, pero más prepondera siempre el descrédito de la infelicidad que el abono de la diligencia. El que vence no necesita de dar satisfacciones. No perciben los más la puntualidad de las circunstancias, sino los buenos o los ruines sucesos; y así, nunca se pierde reputación cuando se consigue el intento. Todo lo dora un buen fin, aunque lo desmientan los desaciertos de los medios. Que es arte ir contra el arte cuando no se puede de otro modo conseguir la dicha del salir bien.

67. Preferir los empleos plausibles. Las más de las cosas dependen de la satisfacción ajena. Es la estimación para las perfecciones lo que el favonio para las flores: aliento y vida. Hay empleos expuestos a la aclamación universal y hay otros, aunque mayores, en nada expectables; aquellos, por obrarse a vista de todos, captan la benevolencia común; estos, aunque tienen más de lo raro y primoroso, se quedan en el secreto de su imperceptibilidad:

venerados, pero no aplaudidos. Entre los príncipes, los victoriosos son los celebrados, y por eso los reyes de Aragón fueron tan plausibles por guerreros, conquistadores y magnánimos. Prefiera el varón grande los célebres empleos que todos perciban y participen todos, y a sufragios comunes quede inmortalizado.

68. Dar entendimiento. Es de más primor que el dar memoria, cuanto es más. Unas veces se ha de acordar y otras advertir. Dejan algunos de hacer las cosas que estuvieran en su punto, porque no se les ofrecen; ayude entonces la advertencia amigable a concebir las conveniencias. Una de las mayores ventajas de la mente es el ofrecérsele lo que importa. Por falta de esto dejan de hacerse muchos aciertos. Dé luz el que la alcanza, y solicítela el que la mendiga: aquel con detención, este con atención; no sea más que dar pie. Es urgente esta sutileza cuando toca en utilidad del que despierta. Conviene mostrar gusto, y pasar a más cuando no bastare; ya se tiene el No, váyase en busca del Sí con destreza, que las más veces no se consigue porque no se intenta.

69. No rendirse a un vulgar humor. Hombre grande el que nunca se sujeta a peregrinas impresiones. Es lección de advertencia la reflexión sobre sí: un conocer su disposición actual y prevenirla, y aun decantarse al otro extremo para hallar, entre el natural y el arte, el fiel de la sindéresis. Principio es de corregirse el conocerse; que hay monstruos de la impertinencia: siempre están de algún humor y varían afectos con ellos; y arrastrados eternamente de esta destemplanza civil, contradictoriamente se empeñan. Y no sólo gasta la voluntad este exceso, sino que se atreve al juicio, alterando el querer y el entender.

70. Saber negar. No todo se ha de conceder, ni a todos. Tanto importa como el saber conceder, y en los que mandan es atención urgente. Aquí entra el modo: más se estima el no de algunos que el sí de otros, porque un no dorado satisface más que un sí a secas. Hay muchos que siempre tienen en la boca el no, con que todo lo desazonan. El no es siempre el primero en ellos, y aunque después

todo lo vienen a conceder, no se les estima, porque precedió aquella primera desazón. No se han de negar de rondón las cosas: vaya a tragos el desengaño; ni se ha de negar del todo, que sería desahuciar la dependencia. Queden siempre algunas reliquias de esperanza para que templen lo amargo del negar. Llene la cortesía el vacío del favor y suplan las buenas palabras la falta de las obras. El No y el Sí son breves de decir y piden mucho pensar.

71. No ser desigual, de proceder anómalo: ni por natural, ni por afectación. El varón cuerdo siempre fue el mismo en todo lo perfecto, que es crédito de entendido. Dependa en su mudanza de la de las causas y méritos. En materia de cordura, la variedad es fea. Hay algunos que cada día son otros de sí; hasta el entendimiento tienen desigual, cuánto más la voluntad, y aun la ventura. El que ayer fue el blanco de su sí, hoy es el negro de su no, desmintiendo siempre su propio crédito y deslumbrando el ajeno concepto.

72. Hombre de resolución. Menos dañosa es la mala ejecución que la irresolución. No se gastan tanto las materias cuando corren como si estancan. Hay hombres indeterminables, que necesitan de ajena premoción en todo; y a veces no nace tanto de la perplejidad del juicio, pues lo tienen perspicaz, cuanto de la ineficacia. Ingenioso suele ser el dificultar, pero más lo es el hallar salida a los inconvenientes. Hay otros que en nada se embarazan, de juicio grande y determinado; nacieron para sublimes empleos, porque su despejada comprehensión facilita el acierto y el despacho: todo se lo hallan hecho, que después de aver dado razón a un mundo, le quedó tiempo a uno de estos para otro; y cuando están afianzados de su dicha, se empeñan con más seguridad.

73. Saber usar del desliz. Es el desempeño de los cuerdos. Con la galantería de un donaire suelen salir del más intrincado laberinto. Hurtásele el cuerpo airosamente con un sonriso a la más dificultosa contienda. En esto fundaba el mayor de los grandes capitanes su valor. Cortés treta del negar, mudar el verbo; ni hay mayor atención que no darse por entendido.

74. No ser intratable. En lo más poblado están las fieras verdaderas. Es la inaccesibilidad vicio de desconocidos de sí, que mudan los humores con los honores. No es medio a propósito para la estimación comenzar enfadando.)Qué es de ver uno de estos monstruos intratables, siempre a punto de su fiereza impertinente? Entran a hablarles los dependientes por su desdicha, como a lidiar con tigres, tan armados de tiento cuanto de recelo. Para subir al puesto agradaron a todos, y en estando en él se quieren desquitar con enfadar a todos. Aviendo de ser de muchos por el empleo, son de ninguno por su aspereza o entono. Cortesano castigo para estos: dejarlos estar, hurtándoles la cordura con el trato.

75. Elegir idea heroica. Más para la emulación que para la imitación. Hay ejemplares de grandeza, textos animados de la reputación. Propóngase cada uno en su empleo los primeros, no tanto para seguir, cuanto para adelantarse. Lloró Alexandro no a Aquiles sepultado, sino a sí mismo, aun no bien nacido al lucimiento. No hay cosa que así solicite ambiciones en el ánimo como el clarín de la fama ajena: el mismo que atierra la envidia alienta la generosidad.

76. No estar siempre de burlas. Conócese la prudencia en lo serio, que está más acreditado que lo ingenioso. El que siempre está de burlas nunca es hombre de veras. Igualámoslos a estos con los mentirosos en no darles crédito: a los unos por recelo de mentira, a los otros de su fisga. Nunca se sabe cuándo hablan en juicio, que es tanto como no tenerle. No hay mayor desaire que el contino donaire. Ganan otros fama de decidores y pierden el crédito de cuerdos. Su rato ha de tener lo jovial; todos los demás, lo serio.

77. Saber hacerse a todos. Discreto Proteo: con el docto, docto, y con el santo, santo. Gran arte de ganar a todos, porque la semejanza concilia benevolencia. Observar los genios y templarse al de cada uno; al serio y al jovial, seguirles el corriente, haciendo política transformación: urgente a los que dependen. Requiere esta gran

sutileza del vivir un gran caudal; menos dificultosa al varón universal de ingenio en noticias y de genio en gustos.

78. Arte en el intentar. La necedad siempre entra de rondón, que todos los necios son audaces. Su misma simplicidad, que les impide primero la advertencia para los reparos, les quita después el sentimiento para los desaires. Pero la cordura entra con grande tiento. Son sus batidores la advertencia y el recato, ellos van descubriendo para proceder sin peligro. Todo arrojamiento está condenado por la discreción a despeño, aunque tal vez lo absuelva la ventura. Conviene ir detenido donde se teme mucho fondo: vaya intentando la sagacidad y ganando tierra la prudencia. Hay grandes bajíos hoy en el trato humano: conviene ir siempre calando sonda.

79. Genio genial. Si con templanza, prenda es, que no defecto. Un grano de donosidad todo lo sazona. Los mayores hombres juegan también la pieza del donaire, que concilia la gracia universal; pero guardando siempre los aires a la cordura, y haciendo la salva al decoro. Hacen otros de una gracia atajo al desempeño, que hay cosas que se han de tomar de burlas, y a veces las que el otro toma más de veras. Indica apacibilidad, garabato de corazones.

80. Atención al informarse. Vívese lo más de información. Es lo menos lo que vemos; vivimos de fe ajena. Es el oído la puerta segunda de la verdad y principal de la mentira. La verdad ordinariamente se ve, extravagantemente se oye; raras veces llega en su elemento puro, y menos cuando viene de lejos; siempre trae algo de mixta, de los afectos por donde pasa; tiñe de sus colores la pasión cuanto toca, ya odiosa, ya favorable. Tira siempre a impresionar: gran cuenta con quien alaba, mayor con quien vitupera. Es menester toda la atención en este punto para descubrir la intención en el que tercia, conociendo de antemano de qué pie se movió. Sea la refleja contraste de lo falto y de lo falso.

81. Usar el renovar su lucimiento. Es privilegio de fénix. Suele envejecerse la excelencia, y con ella la fama. La costumbre disminuye la admiración, y una mediana novedad suele vencer a la mayor eminencia envejecida. Usar, pues, del renacer en el valor, en el ingenio, en la dicha, en todo: empeñarse con novedades de bizarría, amaneciendo muchas veces como el sol, variando teatros al lucimiento, para que en el uno la privación y en el otro la novedad soliciten aquí el aplauso, si allí el deseo.

82. Nunca apurar, ni el mal, ni el bien. A la moderación en todo redujo la sabiduría toda un sabio. El sumo derecho se hace tuerto, y la naranja que mucho se estruja llega a dar lo amargo. Aun en la fruición nunca se ha de llegar a los extremos. El mismo ingenio se agota si se apura, y sacará sangre por leche el que esquilmare a lo tirano.

83. Permitirse algún venial desliz. Que un descuido suele ser tal vez la mayor recomendación de las prendas. Tiene su ostracismo la envidia, tanto más civil cuanto más criminal. Acusa lo muy perfecto de que peca en no pecar; y por perfecto en todo, lo condena todo. Hácese Argos en buscarle faltas a lo muy bueno, para consuelo siquiera. Hiere la censura, como el rayo, los más empinados realces. Dormite, pues, tal vez Homero, y afecte algún descuido en el ingenio, o en el valor, pero nunca en la cordura, para sosegar la malevolencia, no reviente ponzoñosa: será como un echar la capa al toro de la envidia para salvar la inmortalidad.

84. Saber usar de los enemigos. Todas las cosas se han de saber tomar, no por el corte, que ofendan, sino por la empuñadura, que defiendan; mucho más la emulación. Al varón sabio más le aprovechan sus enemigos que al necio sus amigos. Suele allanar una malevolencia montañas de dificultad, que desconfiara de emprenderlas el favor. Fabricáronles a muchos su grandeza sus malévolos. Más fiera es la lisonja que el odio, pues remedia este eficazmente las tachas que aquella disimula. Hace el cuerdo espejo de la ojeriza, más fiel que el de la afición, y previene a la detracción

los defectos, o los enmienda, que es grande el recato cuando se vive en frontera de una emulación, de una malevolencia.

85. No ser malilla. Achaque es de todo lo excelente que su mucho uso viene a ser abuso. El mismo codiciarlo todos viene a parar en enfadar a todos. Grande infelicidad ser para nada; no menor querer ser para todo. Vienen a perder estos por mucho ganar, y son después tan aborrecidos cuanto fueron antes deseados. Rózanse de estas malillas en todo género de perfecciones, que, perdiendo aquella primera estimación de raras, consiguen el desprecio de vulgares. El único remedio de todo lo extremado es guardar un medio en el lucimiento: la demasía ha de estar en la perfección y la templanza en la ostentación. Cuanto más luce una antorcha, se consume más y dura menos. Escaseces de apariencia se premian con logros de estimación.

86. Prevenir las malas voces. Tiene el vulgo muchas cabezas, y así muchos ojos para la malicia y muchas lenguas para el descrédito. Acontece correr en él alguna mala voz que desdora el mayor crédito; y si llegare a ser apodo vulgar, acabará con la reputación. Dásele pie comúnmente con algún sobresaliente desaire, con ridículos defectos, que son plausible materia a sus hablillas, si bien hay desdoros echadizos de la emulación especial a la malicia común; que hay bocas de la malevolencia, y arruinan más presto una gran fama con un chiste que con un descaramiento. Es muy fácil de cobrar la siniestra fama, porque lo malo es muy creíble y cuesta mucho de borrarse. Excuse, pues, el varón cuerdo estos desaires, contrastando con su atención la vulgar insolencia, que es más fácil el prevenir que el remediar.

87. Cultura, y aliño. Nace bárbaro el hombre, redímese de bestia cultivándose. Hace personas la cultura, y más cuanto mayor. En fe de ella pudo Grecia llamar bárbaro a todo el restante universo. Es muy tosca la ignorancia; no hay cosa que más cultive que el saber. Pero aun la misma sabiduría fue grosera, si desaliñada. No sólo ha de ser aliñado el entender, también el querer, y más el conversar.

Hállanse hombres naturalmente aliñados, de gala interior y exterior, en concepto y palabras, en los arreos del cuerpo, que son como la corteza, y en las prendas del alma, que son el fruto. Otros hay, al contrario, tan groseros, que todas sus cosas, y tal vez eminencias, las deslucieron con un intolerable bárbaro desaseo.

88. Sea el trato por mayor, procurando la sublimidad en él. El varón grande no debe ser menudo en su proceder. Nunca se ha de individuar mucho en las cosas, y menos en las de poco gusto; porque aunque es ventaja notarlo todo al descuido, no lo es quererlo averiguar todo de propósito. Hase de proceder de ordinario con una hidalga generalidad, ramo de galantería. Es gran parte del regir el disimular. Hase de dar pasada a las más de las cosas, entre familiares, entre amigos, y más entre enemigos. Toda nimiedad es enfadosa, y en la condición, pesada. El ir y venir a un disgusto es especie de manía; y comúnmente tal será el modo de portarse cada uno, cual fuere su corazón y su capacidad.

89. Comprehensión de sí. En el genio, en el ingenio; en dictámenes, en afectos. No puede uno ser señor de sí si primero no se comprehende. Hay espejos del rostro, no los hay del ánimo: séalo la discreta reflexión sobre sí. Y cuando se olvidare de su imagen exterior, conserve la interior para enmendarla, para mejorarla. Conozca las fuerzas de su cordura y sutileza para el emprender; tantee la irascible para el empeñarse. Tenga medido su fondo y pesado su caudal para todo.

90. Arte para vivir mucho: vivir bien. Dos cosas acaban presto con la vida: la necedad o la ruindad. Perdiéronla unos por no saberla guardar, y otros por no querer. Así como la virtud es premio de sí misma, así el vicio es castigo de sí mismo. Quien vive aprisa en el vicio, acaba presto de dos maneras; quien vive aprisa en la virtud, nunca muere. Comunícase la entereza del ánimo al cuerpo, y no sólo se tiene por larga la vida buena en la intensión, sino en la misma extensión.

91. Obrar siempre sin escrúpulos de imprudencia. La sospecha de desacierto en el que ejecuta es evidencia ya en el que mira, y más si fuere émulo. Si ya al calor de la pasión escrupulea el dictamen, condenará después, desapasionado, a necedad declarada. Son peligrosas las acciones en duda de prudencia; más segura sería la omisión. No admite probabilidades la cordura: siempre camina al mediodía de la luz de la razón.)Cómo puede salir bien una empresa que, aun concebida, la está ya condenando el recelo? Y si la resolución más graduada con el nemine discrepante interior suele salir infelizmente,)qué aguarda la que comenzó titubeando en la razón y mal agorada del dictamen?

92. Seso trascendental: digo en todo. Es la primera y suma regla del obrar y del hablar, más encargada cuanto mayores y más altos los empleos. Más vale un grano de cordura que arrobas de sutileza. Es un caminar a lo seguro, aunque no tan a lo plausible, si bien la reputación de cuerdo es el triunfo de la fama: bastará satisfacer a los cuerdos, cuyo voto es la piedra de toque a los aciertos.

93. Hombre universal. Compuesto de toda perfección, vale por muchos. Hace felicísimo el vivir, comunicando esta fruición a la familiaridad. La variedad con perfección es entretenimiento de la vida. Gran arte la de saber lograr todo lo bueno; y pues le hizo la naturaleza al hombre un compendio de todo lo natural por su eminencia, hágale el arte un universo por ejercicio y cultura del gusto y del entendimiento.

94. Incomprehensibilidad de caudal. Excuse el varón atento sondarle el fondo, ya al saber, ya al valer, si quiere que le veneren todos. Permítase al conocimiento, no a la comprehensión. Nadie le averigüe los términos de la capacidad, por el peligro evidente del desengaño. Nunca dé lugar a que alguno le alcance todo: mayores efectos de veneración causa la opinión y duda de adónde llega el caudal de cada uno que la evidencia de él, por grande que fuere.

95. Saber entretener la expectación: irla cebando siempre. Prometa más lo mucho, y la mejor acción sea envidar de mayores. No se ha de echar todo el resto al primer lance: gran treta es saberse templar, en las fuerzas, en el saber, e ir adelantando el desempeño.

96. De la gran sindéresis. Es el trono de la razón, basa de la prudencia, que en fe de ella cuesta poco el acertar. Es suerte del cielo, y la más deseada por primera y por mejor: la primera pieza del arnés con tal urgencia, que ninguna otra que le falte a un hombre le denomina falto; nótase más su menos. Todas las acciones de la vida dependen de su influencia, y todas solicitan su calificación, que todo ha de ser con seso. Consiste en una connatural propensión a todo lo más conforme a razón, casándose siempre con lo más acertado.

97. Conseguir y conservar la reputación. Es el usufructo de la fama. Cuesta mucho, porque nace de las eminencias, que son tan raras cuanto comunes las medianías. Conseguida, se conserva con facilidad. Obliga mucho y obra más. Es especie de majestad cuando llega a ser veneración, por la sublimidad de su causa y de su esfera; pero la reputación sustancial es la que valió siempre.

98. Cifrar la voluntad. Son las pasiones los portillos del ánimo. El más práctico saber consiste en disimular; lleva riesgo de perder el que juega a juego descubierto. Compita la detención del recatado con la atención del advertido: a linces de discurso, jibias de interioridad. No se le sepa el gusto, porque no se le prevenga, unos para la contradicción, otros para la lisonja.

99. Realidad y apariencia. Las cosas no pasan por lo que son, sino por lo que parecen. Son raros los que miran por dentro, y muchos los que se pagan de lo aparente. No basta tener razón con cara de malicia.

100. Varón desengañado: cristiano sabio, cortesano filósofo. Mas no parecerlo, menos afectarlo. Está desacreditado el filosofar, aunque el ejercicio mayor de los sabios. Vive desautorizada la ciencia de los cuerdos. Introdújola Séneca en Roma, conservóse algún tiempo cortesana, ya es tenida por impertinencia. Pero siempre el desengaño fue pasto de la prudencia, delicias de la entereza.

101. La mitad del mundo se está riendo de la otra mitad, con necedad de todos. O todo es bueno, o todo es malo, según votos. Lo que éste sigue, el otro persigue. Insufrible necio el que quiere regular todo objeto por su concepto. No dependen las perfecciones de un solo agrado: tantos son los gustos como los rostros, y tan varios. No hay defecto sin afecto, ni se ha de desconfiar porque no agraden las cosas a algunos, que no faltarán otros que las aprecien; ni aun el aplauso de estos le sea materia al desvanecimiento, que otros lo condenarán. La norma de la verdadera satisfacción es la aprobación de los varones de reputación, y que tienen voto en aquel orden de cosas. No se vive de un voto solo, ni de un uso, ni de un siglo.

102. Estómago para grandes bocados de la fortuna. En el cuerpo de la prudencia no es la parte menos importante un gran buche, que de grandes partes se compone una gran capacidad. No se embaraza con las buenas dichas quien merece otras mayores; lo que es ahíto en unos es hambre en otros. Hay muchos que se les gasta cualquier muy importante manjar por la cortedad de su natural, no acostumbrado ni nacido para tan sublimes empleos; acédaseles el trato, y con los humos que se levantan de la postiza honra viene a desvanecérseles la cabeza. Corren gran peligro en los lugares altos, y no caben en sí porque no cabe en ellos la suerte. Muestre, pues, el varón grande que aún le quedan ensanches para cosas mayores, y huya con especial cuidado de todo lo que puede dar indicio de angosto corazón.

103. Cada uno la majestad en su modo. Sean todas las acciones, si no de un rey, dignas de tal, según su esfera; el proceder real, dentro de

los límites de su cuerda suerte: sublimidad de acciones, remonte de pensamientos. Y en todas sus cosas represente un rey por méritos, cuando no por realidad, que la verdadera soberanía consiste en la entereza de costumbres; ni tendrá que envidiar a la grandeza quien pueda ser norma de ella. Especialmente a los allegados al trono péguesels algo de la verdadera superioridad, participen antes de las prendas de la majestad que de las ceremonias de la vanidad, sin afectar lo imperfecto de la hinchazón, sino lo realzado de la sustancia.

104. Tener tomado el pulso a los empleos. Hay su variedad en ellos: magistral conocimiento, y que necesita de advertencia; piden unos valor y otros sutileza. Son más fáciles de manejar los que dependen de la rectitud, y más difíciles los que del artificio. Con un buen natural no es menester más para aquellos; para estos no basta toda la atención y desvelo. Trabajosa ocupación gobernar hombres, y más, locos o necios: doblado seso es menester para con quien no le tiene. Empleo intolerable el que pide todo un hombre, de horas contadas y la materia cierta; mejores son los libres de fastidio juntando la variedad con la gravedad, porque la alternación refresca el gusto. Los más autorizados son los que tienen menos, o más distante, la dependencia; y aquel es el peor que al fin hace sudar en la residencia humana y más en la divina.

105. No cansar. Suele ser pesado el hombre de un negocio, y el de un verbo. La brevedad es lisonjera, y más negociante; gana por lo cortés lo que pierde por lo corto. Lo bueno, si breve, dos veces bueno; y aun lo malo, si poco, no tan malo. Más obran quintas esencias que fárragos; y es verdad común que hombre largo raras veces entendido, no tanto en lo material de la disposición cuanto en lo formal del discurso. Hay hombres que sirven más de embarazo que de adorno del universo, alhajas perdidas que todos las desvían. Excuse el discreto el embarazar, y mucho menos a grandes personajes, que viven muy ocupados, y sería peor desazonar uno de ellos que todo lo restante del mundo. Lo bien dicho se dice presto.

106. No afectar la fortuna. Más ofende el ostentar la dignidad que la persona. Hacer del hombre es odioso, bastábale ser invidiado. La estimación se consigue menos cuanto se busca más; depende del respeto ajeno; y así no se la puede tomar uno, sino merecer la de los otros y aguardarla. Los empleos grandes piden autoridad ajustada a su ejercicio, sin la cual no pueden ejercerse dignamente. Conserve la que merece para cumplir con lo sustancial de sus obligaciones: no estrujarla, ayudarla sí, y todos los que hacen del hacendado en el empleo dan indicio de que no lo merecían, y que viene sobrepuesta la dignidad. Si se hubiere de valer, sea antes de lo eminente de sus prendas que de lo adventicio; que hasta un rey se ha de venerar más por la personal que por la extrínseca soberanía.

107. No mostrar satisfacción de sí. Viva ni descontento, que es poquedad, ni satisfecho, que es necedad. Nace la satisfacción en los más de ignorancia, y para en una felicidad necia, que, aunque entretiene el gusto, no mantiene el crédito. Como no alcanza las superlativas perfecciones en los otros, págase de cualquiera vulgar medianía en sí. Siempre fue útil, a más de cuerdo, el recelo, o para prevención de que salgan bien las cosas, o para consuelo cuando salieren mal; que no se le hace de nuevo el desaire de su suerte al que ya se lo temía. El mismo Homero dormita tal vez, y cae Alejandro de su estado y de su engaño. Dependen las cosas de muchas circunstancias; y la que triunfó en un puesto, y en tal ocasión, en otra se malogra; pero la incorregibilidad de lo necio está en que se convirtió en flor la más vana satisfacción, y va brotando siempre su semilla.

108. Atajo para ser persona: saberse ladear. Es muy eficaz el trato. Comunícanse las costumbres y los gustos. Pégase el genio, y aun el ingenio, sin sentir. Procure, pues, el pronto juntarse con el reportado; y así en los demás genios, con este conseguirá la templanza sin violencia: es gran destreza saberse atemperar. La alternación de contrariedades hermosea el universo y le sustenta, y

si causa armonía en lo natural, mayor en lo moral. Válgase de esta política advertencia en la elección de familiares y de famulares, que con la comunicación de los extremos se ajustará un medio muy discreto.

109. No ser acriminador. Hay hombres de genio fiero, todo lo hacen delito, y no por pasión, sino por naturaleza. A todos condenan, a unos porque hicieron, a otros porque harán. Indica ánimo peor que cruel, que es vil, y acriminan con tal exageración, que de los átomos hacen vigas para sacar los ojos: cómitres en cada puesto, que hacen galera de lo que fuera Elisio; pero si media la pasión, de todo hacen extremos. Al contrario, la ingenuidad para todo halla salida, si no de intención, de inadvertencia.

110. No aguardar a ser sol que se pone. Máxima es de cuerdos dejar las cosas antes que los dejen. Sepa uno hacer triunfo del mismo fenecer; que tal vez el mismo sol, a buen lucir, suele retirarse a una nube porque no le vean caer, y deja en suspensión de si se puso o no se puso. Hurte el cuerpo a los ocasos para no reventar de desaires; no aguarde a que le vuelvan las espaldas, que le sepultarán vivo para el sentimiento, y muerto para la estimación. Jubila con tiempo el advertido al corredor caballo, y no aguarda a que, cayendo, levante la risa en medio la carrera. Rompa el espejo con tiempo y con astucia la belleza, y no con impaciencia después al ver su desengaño.

111. Tener amigos. Es el segundo ser. Todo amigo es bueno, y sabio para el amigo. Entre ellos todo sale bien. Tanto valdrá uno cuanto quisieren los demás; y para que quieran, se les ha de ganar la boca por el corazón. No hay hechizo como el buen servicio, y para ganar amistades, el mejor medio es hacerlas. Depende lo más y lo mejor que tenemos de los otros. Hase de vivir, o con amigos o con enemigos. Cada día se ha de diligenciar uno, aunque no para íntimo, para aficionado, que algunos se quedan después para confidentes, pasando por el acierto del delecto.

112. Ganar la pía afición, que aun la primera y suma causa en sus mayores asuntos la previene y la dispone. Éntrase por el afecto al concepto. Algunos se fían tanto del valor, que desestiman la diligencia; pero la atención sabe bien que es grande el rodeo de solos los méritos, si no se ayudan del favor. Todo lo facilita y suple la benevolencia; no siempre supone las prendas, sino que las pone, como el valor, la entereza, la sabiduría, hasta la discreción. Nunca ve las fealdades, porque no las querría ver. Nace de ordinario de la correspondencia material en genio, nación, parentesco, patria y empleo. La formal es más sublime en prendas, obligaciones, reputación, méritos. Toda la dificultad es ganarla, que con facilidad se conserva. Puédese diligenciar, y saberse valer de ella.

113. Prevenirse en la fortuna próspera para la adversa. Arbitrio es hacer en el estío la provisión para el invierno, y con más comodidad. Van baratos entonces los favores, hay abundancia de amistades. Bueno es conservar para el mal tiempo, que es la adversidad cara, y falta de todo. Haya retén de amigos y de agradecidos, que algún día hará aprecio de lo que ahora no hace caso. La villanía nunca tiene amigos: en la prosperidad porque los desconoce, en la adversidad la desconocen a ella.

114. Nunca competir. Toda pretensión con oposición daña el crédito. La competencia tira luego a desdorar, por deslucir. Son pocos los que hacen buena guerra, descubre la emulación los defectos que olvidó la cortesía. Vivieron muchos acreditados mientras no tuvieron émulos. El calor de la contrariedad aviva o resucita las infamias muertas, desentierra hediondeces pasadas y antepasadas. Comiénzase la competencia con manifiesto de desdoros, ayudándose de cuanto puede y no debe; y aunque a veces, y las más, no sean armas de provecho las ofensas, hace de ellas vil satisfacción a su venganza, y sacude esta con tal aire, que hace saltar a los desaires el polvo del olvido. Siempre fue pacífica la benevolencia y benévola la reputación.

115. Hacerse a las malas condiciones de los familiares; así como a los malos rostros: es conveniencia donde tercia dependencia. Hay fieros genios que no se puede vivir con ellos, ni sin ellos. Es, pues, destreza irse acostumbrando, como a la fealdad, para que no se hagan de nuevo en la terribilidad de la ocasión. La primera vez espantan, pero poco a poco se les viene a perder aquel primer horror, y la refleja previene los disgustos, o los tolera.

116. Tratar siempre con gente de obligaciones. Puede empeñarse con ellos, y empeñarlos. Su misma obligación es la mayor fianza de su trato, aun para barajar, que obran como quien son, y vale más pelear con gente de bien que triunfar de gente de mal. No hay buen trato con la ruindad, porque no se halla obligada a la entereza; por eso entre ruines nunca hay verdadera amistad, ni es de buena ley la fineza, aunque lo parezca, porque no es en fe de la honra. Reniegue siempre de hombre sin ella, que quien no la estima, no estima la virtud; y es la honra el trono de la entereza.

117. Nunca hablar de sí. O se ha de alabar, que es desvanecimiento, o se ha de vituperar, que es poquedad; y, siendo culpa de cordura en el que dice, es pena de los que oyen. Si esto se ha de evitar en la familiaridad, mucho más en puestos sublimes, donde se habla en común, y pasa ya por necedad cualquier apariencia de ella. El mismo inconveniente de cordura tiene el hablar de los presentes por el peligro de dar en uno de dos escollos: de lisonja, o vituperio.

118. Cobrar fama de cortés, que basta a hacerle plausible. Es la cortesía la principal parte de la cultura, especie de hechizo, y así concilia la gracia de todos, así como la descortesía el desprecio y enfado universal. Si ésta nace de soberbia, es aborrecible; si de grosería, despreciable. La cortesía siempre ha de ser más que menos, pero no igual, que degeneraría en injusticia. Tiénese por deuda entre enemigos para que se vea su valor. Cuesta poco y vale mucho: todo

honrador es honrado. La galantería y la honra tienen esta ventaja, que se quedan: aquélla en quien la usa, ésta en quien la hace.

119. No hacerse de mal querer. No se ha de provocar la aversión, que aun sin quererlo, ella se adelanta. Muchos hay que aborrecen de balde, sin saber el cómo ni por qué. Previene la malevolencia a la obligación. Es más eficaz y pronta para el daño la irascible que la concupiscible para el provecho. Afectan algunos ponerse mal con todos, por enfadoso o por enfadado genio; y si una vez se apodera el odio, es, como el mal concepto, dificultoso de borrar. A los hombres juiciosos los temen, a los maldicientes aborrecen, a los presumidos asquean, a los fisgones abominan, a los singulares los dejan. Muestre, pues, estimar para ser estimado, y el que quiere hacer casa hace caso.

120. Vivir a lo práctico. Hasta el saber ha de ser al uso, y donde no se usa, es preciso saber hacer del ignorante. Múdanse a tiempos el discurrir y el gustar: no se ha de discurrir a lo viejo, y se ha de gustar a lo moderno. El gusto de las cabezas hace voto en cada orden de cosas. Ése se ha de seguir por entonces, y adelantar a eminencia. Acomódese el cuerdo a lo presente, aunque le parezca mejor lo pasado, así en los arreos del alma como del cuerpo. Sólo en la bondad no vale esta regla de vivir, que siempre se ha de practicar la virtud. Desconócese ya, y parece cosa de otros tiempos el decir verdad, el guardar palabra; y los varones buenos parecen hechos al buen tiempo, pero siempre amados; de suerte que, si algunos hay, no se usan ni se imitan. (Oh, grande infelicidad del siglo nuestro, que se tenga la virtud por extraña y la malicia por corriente! Viva el discreto como puede, si no como querría. Tenga por mejor lo que le concedió la suerte que lo que le ha negado.

121. No hacer negocio del no negocio. Así como algunos todo lo hacen cuento, así otros todo negocio: siempre hablan de importancia, todo lo toman de veras, reduciéndolo a pendencia y a misterio. Pocas cosas de enfado se han de tomar de propósito, que sería empeñarse sin él. Es trocar los puntos tomar a pechos lo que se

ha de echar a las espaldas. Muchas cosas que eran algo, dejándolas, fueron nada; y otras que eran nada, por haber hecho caso de ellas, fueron mucho. Al principio es fácil dar fin a todo, que después no. Muchas veces hace la enfermedad el mismo remedio, ni es la peor regla del vivir el dejar estar.

122. Señorío en el decir y en el hacer. Hácese mucho lugar en todas partes, y gana de antemano el respeto. En todo influye, en el conversar, en el orar, hasta en el caminar; y aun el mirar en el querer. Es gran victoria coger los corazones. No nace de una necia intrepidez, ni del enfadoso entretenimiento, sí en una decente autoridad nacida del genio superior y ayudada de los méritos.

123. Hombre desafectado. A más prendas, menos afectación, que suele ser vulgar desdoro de todas. Es tan enfadosa a los demás cuan penosa al que la sustenta, porque vive mártir del cuidado, y se atormenta con la puntualidad. Pierden su mérito las mismas eminencias con ella, porque se juzgan nacidas antes de la artificiosa violencia que de la libre naturaleza, y todo lo natural fue siempre más grato que lo artificial. Los afectados son tenidos por extranjeros en lo que afectan; cuanto mejor se hace una cosa se ha de desmentir la industria, porque se vea que se cae de su natural la perfección. Ni por huir la afectación se ha de dar en ella afectando el no afectar. Nunca el discreto se ha de dar por entendido de sus méritos, que el mismo descuido despierta en los otros la atención. Dos veces es eminente el que encierra todas las perfecciones en sí, y ninguna en su estimación; y por encontrada senda llega al término de la plausibilidad.

124. Llegar a ser deseado. Pocos llegaron a tanta gracia de las gentes, y si de los cuerdos, felicidad. Es ordinaria la tibieza con los que acaban. Hay modos para merecer este premio de afición: la eminencia en el empleo y en las prendas es segura; el agrado, eficaz. Hácese dependencia de la eminencia, de modo que se note que el cargo le hubo menester a él, y no él al cargo; honran unos los puestos, a otros honran. No es ventaja que le haga bueno el que

sucedió malo, porque eso no es ser deseado absolutamente, sino ser el otro aborrecido.

125. No ser libro verde. Señal de tener gastada la fama propia es cuidar de la infamia ajena. Querrían algunos con las manchas de los otros disimular, si no lavar, las suyas; o se consuelan, que es el consuelo de los necios. Huéleles mal la boca a estos, que son los albañares de las inmundicias civiles. En estas materias, el que más escarba, más se enloda. Pocos se escapan de algún achaque original, o al derecho, o al través. No son conocidas las faltas en los poco conocidos. Huya el atento de ser registro de infamias, que es ser un aborrecido padrón y, aunque vivo, desalmado.

126. No es necio el que hace la necedad, sino el que, hecha, no la sabe encubrir. Hanse de sellar los afectos, (cuánto más los defectos! Todos los hombres yerran, pero con esta diferencia, que los sagaces desmienten las hechas, y los necios mienten las por hacer. Consiste el crédito en el recato, más que en el hecho, que si no es uno casto, sea cauto. Los descuidos de los grandes hombres se observan más, como eclipses de las lumbreras mayores. Sea excepción de la amistad el no confiarla los defectos; ni aun, si ser pudiese, a su misma identidad. Pero puédese valer aquí de aquella otra regla del vivir, que es saber olvidar.

127. El despejo en todo. Es vida de las prendas, aliento del decir, alma del hacer, realce de los mismos realces. Las demás perfecciones son ornato de la naturaleza, pero el despejo lo es de las mismas perfecciones: hasta en el discurrir se celebra. Tiene de privilegio lo más, debe al estudio lo menos, que aun a la disciplina es superior; pasa de facilidad, y adelántase a bizarría; supone desembarazo, y añade perfección. Sin él toda belleza es muerta, y toda gracia, desgracia. Es trascendental al valor, a la discreción, a la prudencia, a la misma majestad. Es político atajo en el despacho, y un culto salir de todo empeño.

128. Alteza de ánimo. Es de los principales requisitos para héroe, porque inflama a todo género de grandeza. Realza el gusto, engrandece el corazón, remonta el pensamiento, ennoblece la condición y dispone la majestad. Dondequiera que se halla, se descuella, y aun tal vez, desmentida de la envidia de la suerte, revienta por campear. Ensánchase en la voluntad, ya que en la posibilidad se violente. Reconócela por fuente la magnanimidad, la generosidad y toda heroica prenda.

129. Nunca quejarse. La queja siempre trae descrédito. Más sirve de ejemplar de atrevimiento a la pasión que de consuelo a la compasión. Abre el paso a quien la oye para lo mismo, y es la noticia del agravio del primero disculpa del segundo. Dan pie algunos con sus quejas de las ofensiones pasadas a las venideras, y pretendiendo remedio o consuelo, solicitan la complacencia, y aun el desprecio. Mejor política es celebrar obligaciones de unos para que sean empeños de otros, y el repetir favores de los ausentes es solicitar los de los presentes, es vender crédito de unos a otros. Y el varón atento nunca publique ni desaires ni defectos, sí estimaciones, que sirven para tener amigos y de contener enemigos.

130. Hacer, y hacer parecer. Las cosas no pasan por lo que son, sino por lo que parecen. Valer y saberlo mostrar es valer dos veces. Lo que no se ve es como si no fuese. No tiene su veneración la razón misma donde no tiene cara de tal. Son muchos más los engañados que los advertidos: prevalece el engaño y júzganse las cosas por fuera. Hay cosas que son muy otras de lo que parecen. La buena exterioridad es la mejor recomendación de la perfección interior.

131. Galantería de condición. Tienen su bizarría las almas, gallardía del espíritu, con cuyos galantes actos queda muy airoso un corazón. No cabe en todos, porque supone magnanimidad. Primero asunto suyo es hablar bien del enemigo, y obrar mejor. Su mayor lucimiento libra en los lances de la venganza: no se los quita, sino que se los mejora, convirtiéndola, cuando más vencedora, en una

impensada generosidad. Es política también, y aun la gala de la razón de estado. Nunca afecta vencimientos, porque nada afecta, y cuando los alcanza el merecimiento, los disimula la ingenuidad.

132. Usar del reconsejo. Apelar a la revista es seguridad, y más donde no es evidente la satisfacción; tomar tiempo, o para conceder, o para mejorarse: ofrécense nuevas razones para confirmar y corroborar el dictamen. Si es en materia de dar, se estima más el don en fe de la cordura que en el gusto de la presteza; siempre fue más estimado lo deseado. Si se ha de negar, queda lugar al modo, y para madurar el No, que sea más sazonado; y las más veces, pasado aquel primer calor del deseo, no se siente después a sangre fría el desaire del negar. A quien pide aprisa, conceder tarde, que es treta para desmentir la atención.

133. Antes loco con todos que cuerdo a solas: dicen políticos. Que si todos lo son, con ninguno perderá; y si es sola la cordura, será tenida por locura: tanto importará seguir la corriente. Es el mayor saber a veces no saber, o afectar no saber. Hase de vivir con otros, y los ignorantes son los más. Para vivir a solas ha de tener o mucho de Dios o todo de bestia. Mas yo moderaría el aforismo, diciendo: antes cuerdo con los más que loco a solas. Algunos quieren ser singulares en las quimeras.

134. Doblar los requisitos de la vida. Es doblar el vivir. No ha de ser única la dependencia, ni se ha de estrechar a una cosa sola, aunque singular. Todo ha de ser doblado, y más las causas del provecho, del favor, del gusto. Es trascendente la mutabilidad de la luna, término de la permanencia, y más las cosas que dependen de humana voluntad, que es quebradiza. Valga contra la fragilidad el retén, y sea gran regla del arte del vivir doblar las circunstancias del bien y de la comodidad: así como dobló la naturaleza los miembros más importantes y más arriesgados, así el arte los de la dependencia.

135. No tenga espíritu de contradicción, que es cargarse de necedad y de enfado. Conjurarse ha contra él la cordura. Bien puede ser ingenioso el dificultar en todo, pero no se escapa de necio lo porfiado. Hacen estos guerrilla de la dulce conversación, y así son enemigos más de los familiares que de los que no les tratan. En el más sabroso bocado se siente más la espina que se atraviesa, y eslo la contradicción de los buenos ratos; son necios perniciosos, que añaden lo fiera a lo bestia.

136. Ponerse bien en las materias, tomar el pulso luego a los negocios. Vanse muchos o por las ramas de un inútil discurrir, o por las hojas de una cansada verbosidad, sin topar con la sustancia del caso. Dan cien vueltas rodeando un punto, cansándose y cansando, y nunca llegan al centro de la importancia. Procede de entendimientos confusos, que no se saben desembarazar. Gastan el tiempo y la paciencia en lo que habían de dejar, y después no la hay para lo que dejaron.

137. Bástese a sí mismo el sabio. Él se era todas sus cosas, y llevándose a sí lo llevaba todo. Si un amigo universal basta hacer Roma y todo lo restante del universo, séase uno ese amigo de sí propio, y podrá vivirse a solas.)Quién le podrá hacer falta si no hay ni mayor concepto ni mayor gusto que el suyo? Dependerá de sí solo, que es felicidad suma semejar a la entidad suma. El que puede pasar así a solas, nada tendrá de bruto, sino mucho de sabio y todo de Dios.

138. Arte de dejar estar. Y más cuando más revuelta la común mar, o la familiar. Hay torbellinos en el humano trato, tempestades de voluntad; entonces es cordura retirarse al seguro puerto del dar vado. Muchas veces empeoran los males con los remedios. Dejar hacer a la naturaleza allí, y aquí a la moralidad. Tanto ha de saber el sabio médico para recetar como para no recetar, y a veces consiste el arte más en el no aplicar remedios. Sea modo de sosegar vulgares torbellinos el alzar mano y dejar sosegar; ceder al tiempo ahora será

vencer después. Una fuente con poca inquietud se enturbia, ni se volverá a serenar procurándolo, sino dejándola. No hay mejor remedio de los desconciertos que dejarlos correr, que así caen de sí propios.

139. Conocer el día aciago, que los hay: nada saldrá bien; y, aunque se varíe el juego, pero no la mala suerte. A dos lances convendrá conocerla y retirarse, advirtiendo si está de día o no lo está. Hasta en el entendimiento hay vez, que ninguno supo a todas horas. Es ventura acertar a discurrir, como el escribir bien una carta. Todas las perfecciones dependen de sazón, ni siempre la belleza está de vez; desmiéntese la discreción a sí misma, ya cediendo, ya excediéndose; y todo para salir bien ha de estar de día. Así como en unos todo sale mal, en otros todo bien y con menos diligencias. Todo se lo halla uno hecho: el ingenio está de vez, el genio de temple, y todo de estrella. Entonces conviene lograrla y no desperdiciar la menor partícula. Pero el varón juicioso no por un azar que vio sentencie definitivamente de malo, ni al contrario, de bueno, que pudo ser aquello desazón y esto ventura.

140. Topar luego con lo bueno en cada cosa. Es dicha del buen gusto. Va luego la abeja a la dulzura para el panal, y la víbora a la amargura para el veneno. Así los gustos, unos a lo mejor y otros a lo peor. No hay cosa que no tenga algo bueno, y más si es libro, por lo pensado. Es, pues, tan desgraciado el genio de algunos, que entre mil perfecciones toparán con solo un defecto que hubiere, y ese lo censuran y lo celebran: recogedores de las inmundicias de voluntades y de entendimientos, cargando de notas, de defectos, que es más castigo de su mal delecto que empleo de su sutileza. Pasan mala vida, pues siempre se ceban de amarguras y hacen pasto de imperfecciones. Más feliz es el gusto de otros que, entre mil defectos, toparán luego con una sola perfección que se le cayó a la ventura.

141. No escucharse. Poco aprovecha agradarse a sí, si no contenta a los demás, y de ordinario castiga el desprecio común la satisfacción particular. Débese a todos el que se paga de sí mismo. Querer hablar y oírse no sale bien; y si hablarse a solas es locura, escucharse delante de otros será doblada. Achaque de señores es hablar con el bordón, del ")digo algo?" y aquel ")eh?" que aporrea a los que escuchan. A cada razón orejean la aprobación o la lisonja, apurando la cordura. También los hinchados hablan con eco, y como su conversación va en chapines de entono, a cada palabra solicita el enfadoso socorro del necio "(bien dicho!"

142. Nunca por tema seguir el peor partido, porque el contrario se adelantó y escogió el mejor. Ya comienza vencido, y así será preciso ceder desairado. Nunca se vengará bien con el mal. Fue astucia del contrario anticiparse a lo mejor, y necedad suya oponérsele tarde con lo peor. Son estos porfiados de obra más empeñados que los de palabra, cuanto va más riesgo del hacer al decir. Vulgaridad de temáticos, no reparar en la verdad, por contradecir, ni en la utilidad, por litigar. El atento siempre está de parte de la razón, no de la pasión, o anticipándose antes o mejorándose después; que si es necio el contrario, por el mismo caso mudará de rumbo, pasándose a la contraria parte, con que empeorará de partido. Para echarle de lo mejor es único remedio abrazarlo propio, que su necedad le hará dejarlo y su tema le será despeño.

143. No dar en paradojo por huir de vulgar: los dos extremos son del descrédito. Todo asunto que desdice de la gravedad es ramo de necedad. Lo paradojo es un cierto engaño plausible a los principios, que admira por lo nuevo y por lo picante; pero después con el desengaño del salir tan mal queda muy desairado. Es especie de embeleco, y en materias políticas, ruina de los estados. Los que no pueden llegar o no se atreven a lo heroico por el camino de la virtud, echan por lo paradojo, admirando necios y sacando verdaderos a muchos cuerdos. Arguye destemplanza en el dictamen, y por eso tan opuesto a la prudencia; y si tal vez no se funda en lo falso, por lo menos en lo incierto, con gran riesgo de la importancia.

144. Entrar con la ajena para salir con la suya. Es estratagema del conseguir. Aun en las materias del cielo encargan esta santa astucia los cristianos maestros. Es un importante disimulo, porque sirve de cebo la concebida utilidad para coger una voluntad: parécele que va delante la suya, y no es más de para abrir camino a la pretensión ajena. Nunca se ha de entrar a lo desatinado, y más donde hay fondo de peligro. También con personas cuya primera palabra suele ser el No conviene desmentir el tiro, porque no se advierta la dificultad del conceder, mucho más cuando se presiente la aversión. Pertenece este aviso a los de segunda intención, que todos son de la quinta sutileza.

145. No descubrir el dedo malo, que todo topará allí. No quejarse de él, que siempre sacude la malicia adonde le duele a la flaqueza. No servirá el picarse uno sino de picar el gusto al entretenimiento. Va buscando la mala intención el achaque de hacer saltar: arroja varillas para hallarle el sentimiento, hará la prueba de mil modos hasta llegar al vivo. Nunca el atento se dé por entendido, ni descubra su mal, o personal o heredado, que hasta la fortuna se deleita a veces de lastimar donde más ha de doler. Siempre mortifica en lo vivo; por esto no se ha de descubrir, ni lo que mortifica, ni lo que vivifica: uno para que se acabe, otro para que dure.

146. Mirar por dentro. Hállanse de ordinario ser muy otras las cosas de lo que parecían; y la ignorancia que no pasó de la corteza se convierte en desengaño cuando se penetra al interior. La mentira es siempre la primera en todo, arrastra necios por vulgaridad continuada. La verdad siempre llega la última, y tarde, cojeando con el tiempo; resérvanle los cuerdos la otra mitad de la potencia que sabiamente duplicó la común madre. Es el engaño muy superficial, y topan luego con él los que lo son. El acierto vive retirado a su interior para ser más estimado de sus sabios y discretos.

147. No ser inaccesible. Ninguno hay tan perfecto, que alguna vez no necesite de advertencia. Es irremediable de necio el que no

escucha; el más exento ha de dar lugar al amigable aviso, ni la soberanía ha de excluir la docilidad. Hay hombres irremediables por inaccesibles, que se despeñan porque nadie osa llegar a detenerlos. El más entero ha de tener una puerta abierta a la amistad, y será la del socorro; ha de tener lugar un amigo para poder con desembarazo avisarle, y aun castigarle. La satisfacción le ha de poner en esta autoridad, y el gran concepto de su fidelidad y prudencia. No a todos se les ha de facilitar el respeto, ni aun el crédito; pero tenga en el retrete de su recato un fiel espejo de un confidente a quien deba y estime la corrección en el desengaño.

148. Tener el arte de conversar, en que se hace muestra de ser persona. En ningún ejercicio humano se requiere más la atención, por ser el más ordinario del vivir. Aquí es el perderse o el ganarse; que si es necesaria la advertencia para escribir una carta, con ser conversación de pensado, y por escrito, (cuánto más en la ordinaria, donde se hace examen pronto de la discreción! Toman los peritos el pulso al ánimo en la lengua, y en fe de ella dijo el Sabio: "Habla, si quieres que te conozca". Tienen algunos por arte en la conversación el ir sin ella, que ha de ser holgada, como el vestir, entiéndese entre muy amigos; que cuando es de respeto ha de ser más sustancial, y que indique la mucha sustancia de la persona. Para acertarse se ha de ajustar al genio y al ingenio de los que tercian. No ha de afectar el ser censor de las palabras, que será tenido por gramático, ni menos fiscal de las razones, que le hurtarán todos el trato y le vedarán la comunicación. La discreción en el hablar importa más que la elocuencia.

149. Saber declinar a otro los males. Tener escudos contra la malevolencia, gran treta de los que gobiernan. No nace de incapacidad, como la malicia piensa, sí de industria superior, tener en quien recaiga la censura de los desaciertos, y el castigo común de la murmuración. No todo puede salir bien, ni a todos se puede contentar. Haya, pues, un testa de yerros, terrero de infelicidades, a costa de su misma ambición.

150. Saber vender sus cosas. No basta la intrínseca bondad de ellas, que no todos muerden la sustancia, ni miran por dentro. Acuden los más adonde hay concurso, van porque ven ir a otros. Es gran parte del artificio saber acreditar: unas veces celebrando, que la alabanza es solicitadora del deseo; otras, dando buen nombre, que es un gran modo de sublimar, desmintiendo siempre la afectación. El destinar para solos los entendidos es picón general, porque todos se lo piensan, y cuando no, la privación espoleará el deseo. Nunca se han de acreditar de fáciles, ni de comunes, los asuntos, que más es vulgarizarlos que facilitarlos; todos pican en lo singular por más apetecible, tanto al gusto como al ingenio.

151. Pensar anticipado: hoy para mañana, y aun para muchos días. La mayor providencia es tener horas de ella; para prevenidos no hay acasos, ni para apercibidos aprietos. No se ha de aguardar el discurrir para el ahogo, y ha de ir de antemano; prevenga con la madurez del reconsejo el punto más crudo. Es la almohada Sibila muda, y el dormir sobre los puntos vale más que el desvelarse debajo de ellos. Algunos obran y después piensan: aquello más es buscar excusas que consecuencias. Otros, ni antes ni después. Toda la vida ha de ser pensar para acertar el rumbo: el reconsejo y providencia dan arbitrio de vivir anticipado.

152. Nunca acompañarse con quien le pueda deslucir, tanto por más cuanto por menos. Lo que excede en perfección excede en estimación. Hará el otro el primer papel siempre, y él el segundo; y si le alcanzare algo de aprecio, serán las sobras de aquel. Campea la luna, mientras una, entre las estrellas; pero en saliendo el sol, o no parece o desaparece. Nunca se arrime a quien le eclipse, sino a quien le realce. De esta suerte pudo parecer hermosa la discreta Fabula de Marcial, y lució entre la fealdad o el desaliño de sus doncellas. Tampoco ha de peligrar de mal de lado, ni honrar a otros a costa de su crédito. Para hacerse, vaya con los eminentes; para hecho, entre los medianos.

153. Huya de entrar a llenar grandes vacíos. Y, si se empeña, sea con seguridad del exceso. Es menester doblar el valor para igualar al del pasado. Así como es ardid, que el que se sigue sea tal que le haga deseado, así es sutileza que el que acabó no le eclipse. Es dificultoso llenar un gran vacío, porque siempre lo pasado pareció mejor; y aun la igualdad no bastará, porque está en posesión de primero. Es, pues, necesario añadir prendas para echar a otro de su posesión en el mayor concepto.

154. No ser fácil: ni en creer, ni en querer. Conócese la madurez en la espera de la credulidad: es muy ordinario el mentir, sea extraordinario el creer. El que ligeramente se movió hállase después corrido; pero no se ha de dar a entender la duda de la fe ajena, que pasa de descortesía a agravio, porque se le trata al que contesta de engañador o engañado. Y aun no es ése el mayor inconveniente, cuanto que el no creer es indicio del mentir; porque el mentiroso tiene dos males, que ni cree ni es creído. La suspensión del juicio es cuerda en el que oye, y remítase de fe al autor aquel que dice: "También es especie de imprudencia la facilidad en el querer"; que, si se miente con la palabra, también con las cosas, y es más pernicioso este engaño por la obra.

155. Arte en el apasionarse. Si es posible, prevenga la prudente reflexión la vulgaridad del ímpetu. No le será dificultoso al que fuere prudente. El primer paso del apasionarse es advertir que se apasiona, que es entrar con señorío del afecto, tanteando la necesidad hasta tal punto de enojo, y no más. Con esta superior refleja entre y salga en una ira. Sepa parar bien, y a su tiempo, que lo más dificultoso del correr está en el parar. Gran prueba de juicio conservarse cuerdo en los trances de locura. Todo exceso de pasión degenera de lo racional; pero con esta magistral atención nunca atropellará la razón, ni pisará los términos de la sindéresis. Para saber hacer mal a una pasión es menester ir siempre con la rienda en la atención, y será el primer cuerdo a caballo, si no el último.

156. Amigos de elección. Que lo han de ser a examen de la discreción y a prueba de la fortuna, graduados no sólo de la voluntad, sino del entendimiento. Y con ser el más importante acierto del vivir, es el menos asistido del cuidado. Obra el entremetimiento en algunos, y el acaso en los más. Es definido uno por los amigos que tiene, que nunca el sabio concordó con ignorantes; pero el gustar de uno no arguye intimidad, que puede proceder más del buen rato de su graciosidad que de la confianza de su capacidad. Hay amistades legítimas y otras adulterinas: éstas para la delectación, aquéllas para la fecundidad de aciertos. Hállanse pocos de la persona, y muchos de la fortuna. Más aprovecha un buen entendimiento de un amigo que muchas buenas voluntades de otros. Haya, pues, elección, y no suerte. Un sabio sabe excusar pesares, y el necio amigo los acarrea. Ni desearles mucha fortuna, si no los quiere perder.

157. No engañarse en las personas, que es el peor y más fácil engaño. Más vale ser engañado en el precio que en la mercadería; ni hay cosa que más necesite de mirarse por dentro. Hay diferencia entre el entender las cosas y conocer las personas; y es gran filosofía alcanzar los genios y distinguir los humores de los hombres. Tanto es menester tener estudiados los sujetos como los libros.

158. Saber usar de los amigos. Hay en esto su arte de discreción; unos son buenos para de lejos, y otros para de cerca; y el que tal vez no fue bueno para la conversación lo es para la correspondencia. Purifica la distancia algunos defectos que eran intolerables a la presencia. No sólo se ha de procurar en ellos conseguir el gusto, sino la utilidad, que ha de tener las tres calidades del bien, otros dicen las del ente: uno, bueno y verdadero, porque el amigo es todas las cosas. Son pocos para buenos, y el no saberlos elegir los hace menos. Saberlos conservar es más que el hacerlos amigos. Búsquense tales que hayan de durar, y aunque al principio sean nuevos, baste para satisfacción que podrán hacerse viejos. Absolutamente los mejores

los muy salados, aunque se gaste una fanega en la experiencia. No
hay desierto como vivir sin amigos. La amistad multiplica los bienes
y reparte los males, es único remedio contra la adversa fortuna y un
desahogo del alma.

159. Saber sufrir necios. Las sabios siempre fueron mal sufridos, que
quien añade ciencia añade impaciencia. El mucho conocer es
dificultoso de satisfacer. La mayor regla del vivir, según Epicteto, es
el sufrir, y a esto redujo la mitad de la sabiduría. Si todas las
necedades se han de tolerar, mucha paciencia será menester. A veces
sufrimos más de quien más dependemos, que importa para el
ejercicio del vencerse. Nace del sufrimiento la inestimable paz, que
es la felicidad de la tierra. Y el que no se hallare con ánimo de sufrir
apele al retiro de sí mismo, si es que aun a sí mismo se ha de poder
tolerar.

160. Hablar de atento: con los émulos, por cautela; con los demás,
por decencia. Siempre hay tiempo para enviar la palabra, pero no
para volverla. Hase de hablar como en testamento, que a menos
palabras, menos pleitos. En lo que no importa se ha de ensayar uno
para lo que importare. La arcanidad tiene visos de divinidad. El fácil
a hablar cerca está de ser vencido y convencido.

161. Conocer los defectos dulces. El hombre más perfecto no se
escapa de algunos, y se casa o se amanceba con ellos. Haylos en el
ingenio, y mayores en el mayor, o se advierten más. No porque no
los conozca el mismo sujeto, sino porque los ama. Dos males juntos:
apasionarse y por vicios. Son lunares de la perfección, ofenden tanto
a los de afuera cuanto a los mismos les suenan bien. Aquí es el
gallardo vencerse y dar esta felicidad a los demás realces; todos
topan allí, y cuando avían de celebrar lo mucho bueno que admiran,
se detienen donde reparan, afeando aquello por desdoro de las
demás prendas.

162. Saber triunfar de la emulación y malevolencia. Poco es ya el desprecio, aunque prudente; más es la galantería. No hay bastante aplauso a un decir bien del que dice mal. No hay venganza más heroica que con méritos y prendas, que vencen y atormentan a la envidia. Cada felicidad es un apretón de cordeles al mal afecto, y es un infierno del émulo la gloria del emulado. Este castigo se tiene por el mayor: haber veneno de la felicidad. No muere de una vez el envidioso, sino tantas cuantas vive a voces de aplausos el envidiado, compitiendo la perenidad de la fama del uno con la penalidad del otro. Es inmortal este para sus glorias y aquel para sus penas. El clarín de la fama, que toca a inmortalidad al uno, publica muerte para el otro, sentenciándole al suspendio de tan envidiosa suspensión.

163. Nunca por la compasión del infeliz se ha de incurrir en la desgracia del afortunado. Es desventura para unos la que suele ser ventura para otros, que no fuera uno dichoso si no fueran muchos otros desdichados. Es propio de infelices conseguir la gracia de las gentes, que quiere recompensar ésta con su favor inútil los disfavores de la fortuna; y viose tal vez que el que en la prosperidad fue aborrecido de todos, en la adversidad compadecido de todos: trocóse la venganza de ensalzado en compasión de caído. Pero el sagaz atienda al barajar de la suerte. Hay algunos que nunca van sino con los desdichados, y ladean hoy por infeliz al que huyeron ayer por afortunado. Arguye tal vez nobleza del natural, pero no sagacidad.

164. Echar al aire algunas cosas. Para examinar la aceptación, un ver cómo se reciben, y más las sospechosas de acierto y de agrado. Asegúrase el salir bien, y queda lugar o para el empeño o para el retiro. Tantéanse las voluntades de esta suerte, y sabe el atento dónde tiene los pies: prevención máxima del pedir, del querer y del gobernar.

165. Hacer buena guerra. Puédenle obligar al cuerdo a hacerla, pero no mala. Cada uno ha de obrar como quien es, no como le obligan.

Es plausible la galantería en la emulación. Hase de pelear no sólo para vencer en el poder, sino en el modo. Vencer a lo ruin no es victoria, sino rendimiento. Siempre fue superioridad la generosidad. El hombre de bien nunca se vale de armas vedadas, y sonlo las de la amistad acabada para el odio comenzado, que no se ha de valer de la confianza para la venganza; todo lo que huele a traición infecciona el buen nombre. En personajes obligados se extraña más cualquier átomo de bajeza; han de distar mucho la nobleza de la vileza. Préciese de que si la galantería, la generosidad y la fidelidad se perdiesen en el mundo se avían de buscar en su pecho.

166. Diferenciar el hombre de palabras del de obras. Es única precisión, así como la del amigo, de la persona, o del empleo, que son muy diferentes. Malo es, no teniendo palabra buena, no tener obra mala; peor, no teniendo palabra mala, no tener obra buena. Ya no se come de palabras, que son viento, ni se vive de cortesías, que es un cortés engaño. Cazar las aves con luz es el verdadero encandilar. Los desvanecidos se pagan del viento; las palabras han de ser prendas de las obras, y así han de tener el valor. Los árboles que no dan fruto, sino hojas, no suelen tener corazón. Conviene conocerlos, unos para provecho, otros para sombra.

167. Saberse ayudar. No hay mejor compañía en los grandes aprietos que un buen corazón; y, cuando flaqueare, se ha de suplir de las partes que le están cerca. Hácensele menores los afanes a quien se sabe valer. No se rinda a la fortuna, que se le acabará de hacer intolerable. Ayúdanse poco algunos en sus trabajos, y dóblanlos con no saberlos llevar. El que ya se conoce socorre con la consideración a su flaqueza, y el discreto de todo sale con victoria, hasta de las estrellas.

168. No dar en monstruo de la necedad. Sonlo todos los desvanecidos, presuntuosos, porfiados, caprichosos, persuadidos, extravagantes, figureros, graciosos, noveleros, paradojos, sectarios y todo género de hombres destemplados; monstruos todos de la

impertinencia. Toda monstruosidad del ánimo es más deforme que la del cuerpo, porque desdice de la belleza superior. Pero)quién corregirá tanto desconcierto común? Donde falta la sindéresis, no queda lugar para la dirección, y la que había de ser observación refleja de la irrisión, es una mal concebida presunción de aplauso imaginado.

169. Atención a no errar una, más que a acertar ciento. Nadie mira al sol resplandeciente, y todos eclipsado. No le contará la nota vulgar las que acertare, sino las que errare. Más conocidos son los malos para murmurados que los buenos para aplaudidos. Ni fueron conocidos muchos hasta que delinquieron, ni bastan todos los aciertos juntos a desmentir un solo y mínimo desdoro. Y desengáñese todo hombre, que le serán notadas todas las malas, pero ninguna buena, de la malevolencia.

170. Usar del retén en todas las cosas. Es asegurar la importancia. No todo el caudal se ha de emplear, ni se han de sacar todas las fuerzas cada vez; aun en el saber ha de haber resguardo, que es un doblar las perfecciones. Siempre ha de haber a que apelar en un aprieto de salir mal; más obra el socorro que el acometimiento, porque es de valor y de crédito. El proceder de la cordura siempre fue al seguro. Y aun en este sentido es verdadera aquella paradoja picante: más es la mitad que el todo.

171. No gastar el favor. Los amigos grandes son para las grandes ocasiones. No se ha de emplear la confianza mucha en cosas pocas, que sería desperdicio de la gracia. La sagrada áncora se reserva siempre para el último riesgo. Si en lo poco se abusa de lo mucho,)qué quedará para después? No hay cosa que más valga que los valedores, ni más preciosa hoy que el favor: hace y deshace en el mundo hasta dar ingenio o quitarlo. A los sabios lo que les favorecieron naturaleza y fama les envidió la fortuna. Más es saber conservar las personas y tenerlas que los haberes.

172. No empeñarse con quien no tiene qué perder. Es reñir con desigualdad. Entra el otro con desembarazo porque trae hasta la vergüenza perdida; remató con todo, no tiene más que perder, y así se arroja a toda impertinencia. Nunca se ha de exponer a tan cruel riesgo la inestimable reputación; costó muchos años de ganar, y viene a perderse en un punto de un puntillo: hiela un desaire mucho lucido sudor. Al hombre de obligaciones hácele reparar el tener mucho que perder. Mirando por su crédito, mira por el contrario, y como se empeña con atención, procede con tal detención, que da tiempo a la prudencia para retirarse con tiempo y poner en cobro el crédito. Ni con el vencimiento se llegará a ganar lo que se perdió ya con el exponerse a perder.

173. No ser de vidrio en el trato. Y menos en la amistad. Quiebran algunos con gran facilidad, descubriendo la poca consistencia; llénanse a sí mismos de ofensión, a los demás de enfado. Muestran tener la condición más niña que las de los ojos, pues no permite ser tocada, ni de burlas ni de veras. Oféndenla las motas, que no son menester ya notas. Han de ir con grande tiento los que los tratan, atendiendo siempre a sus delicadezas; guárdanles los aires, porque el más leve desaire les desazona. Son estos ordinariamente muy suyos, esclavos de su gusto, que por él atropellarán con todo, idólatras de su honrilla. La condición del amante tiene la mitad de diamante en el durar y en el resistir.

174. No vivir a prisa. El saber repartir las cosas es saberlas gozar. A muchos les sobra la vida y se les acaba la felicidad. Malogran los contentos, que no los gozan, y querrían después volver atrás, cuando se hallan tan adelante. Postillones del vivir, que a más del común correr del tiempo, añaden ellos su atropellamiento genial. Querrían devorar en un día lo que apenas podrán digerir en toda la vida. Viven adelantados en las felicidades, cómense los años por venir y, como van con tanta prisa, acaban presto con todo. Aun en el querer saber ha de haber modo para no saber las cosas mal sabidas.

Son más los días que las dichas: en el gozar, a espacio; en el obrar, a prisa. Las hazañas bien están, hechas; los contentos, mal, acabados.

175. Hombre sustancial. Y el que lo es no se paga de los que no lo son. Infeliz es la eminencia que no se funda en la sustancia. No todos los que lo parecen son hombres: haylos de embuste, que conciben de quimera y paren embelecos; y hay otros sus semejantes que los apoyan y gustan más de lo incierto que promete un embuste, por ser mucho, que de lo cierto que asegura una verdad, por ser poco. Al cabo, sus caprichos salen mal, porque no tienen fundamento de entereza. Sola la verdad puede dar reputación verdadera, y la sustancia entra en provecho. Un embeleco ha menester otros muchos, y así toda la fábrica es quimera, y como se funda en el aire es preciso venir a tierra: nunca llega a viejo un desconcierto; el ver lo mucho que promete basta hacerlo sospechoso, así como lo que prueba demasiado es imposible.

176. Saber, o escuchar a quien sabe. Sin entendimiento no se puede vivir, o propio, o prestado; pero hay muchos que ignoran que no saben y otros que piensan que saben, no sabiendo. Achaques de necedad son irremediables, que como los ignorantes no se conocen, tampoco buscan lo que les falta. Serían sabios algunos si no creyesen que lo son. Con esto, aunque son raros los oráculos de cordura, viven ociosos, porque nadie los consulta. No disminuye la grandeza ni contradice a la capacidad el aconsejarse. Antes, el aconsejarse bien la acredita. Debata en la razón para que no le combata la desdicha.

177. Excusar llanezas en el trato. Ni se han de usar, ni se han de permitir. El que se allana pierde luego la superioridad que le daba su entereza, y tras ella la estimación. Los astros, no rozándose con nosotros, se conservan en su esplendor. La divinidad solicita decoro; toda humanidad facilita el desprecio. Las cosas humanas, cuanto se tienen más, se tienen en menos, porque con la comunicación se comunican las imperfecciones que se encubrían con el recato. Con nadie es conveniente el allanarse: no con los mayores, por el peligro,

ni con los inferiores, por la indecencia; menos con la villanía, que es atrevida por lo necio, y no reconociendo el favor que se le hace, presume obligación. La facilidad es ramo de vulgaridad.

178. Creer al corazón. Y más cuando es de prueba. Nunca le desmienta, que suele ser pronóstico de lo que más importa: oráculo casero. Perecieron muchos de lo que se temían; mas)de qué sirvió el temerlo sin el remediarlo? Tienen algunos muy leal el corazón, ventaja del superior natural, que siempre los previene, y toca a infelicidad para el remedio. No es cordura salir a recibir los males, pero sí el salirles al encuentro para vencerlos.

179. La retentiva es el sello de la capacidad. Pecho sin secreto es carta abierta. Donde hay fondo están los secretos profundos, que hay grandes espacios y ensenadas donde se hundenlas cosas de monta. Procede de un gran señorío de sí, y el vencerse en esto es el verdadero triunfar. A tantos pagan pecho a cuantos se descubre. En la templanza interior consiste la salud de la prudencia. Los riesgos de la retentiva son la ajena tentativa: el contradecir para torcer; el tirar varillas para hacer saltar aquí el atento más cerrado. Las cosas que se han de hacer no se han de decir, y las que se han de decir no se han de hacer.

180. Nunca regirse por lo que el enemigo había de hacer. El necio nunca hará lo que el cuerdo juzga, porque no alcanza lo que conviene; si es discreto, tampoco, porque querrá desmentirle el intento penetrado, y aun prevenido. Hanse de discurrir las materias por entrambas partes, y revolverse por el uno y otro lado, disponiéndolas a dos vertientes. Son varios los dictámenes: esté atenta la indiferencia, no tanto para lo que será cuanto para lo que puede ser.

181. Sin mentir, no decir todas las verdades. No hay cosa que requiera más tiento que la verdad, que es un sangrarse del corazón.

Tanto es menester para saberla decir como para saberla callar. Piérdese con sola una mentira todo el crédito de la entereza. Es tenido el engañado por falto y el engañador por falso, que es peor. No todas las verdades se pueden decir: unas porque me importan a mí, otras porque al otro.

182. Un grano de audacia con todos es importante cordura. Hase de moderar el concepto de los otros para no concebir tan altamente de ellos que les tema; nunca rinda la imaginación al corazón. Parecen mucho algunos hasta que se tratan, pero el comunicarlos más sirvió de desengaño que de estimación. Ninguno excede los cortos límites de hombre. Todos tienen su si no, unos en el ingenio, otros en el genio. La dignidad da autoridad aparente, pocas veces la acompaña la personal, que suele vengar la suerte la superioridad del cargo en la inferioridad de los méritos. La imaginación se adelanta siempre y pinta las cosas mucho más de lo que son. No sólo concibe lo que hay, sino lo que pudiera haber. Corríjala la razón, tan desengañada a experiencias. Pero ni la necedad ha de ser atrevida ni la virtud temerosa. Y si a la simplicidad le valió la confianza, (cuánto más al valer y al saber!

183. No aprender fuertemente. Todo necio es persuadido, y todo persuadido necio; y cuanto más erróneo su dictamen, es mayor su tenacidad. Aun en caso de evidencia, es ingenuidad el ceder, que no se ignora la razón que tuvo y se conoce la galantería que tiene. Más se pierde con el arrimamiento que se puede ganar con el vencimiento; no es defender la verdad, sino la grosería. Hay cabezas de hierro dificultosas de convencer, con extremo irremediable; cuando se junta lo caprichoso con lo persuadido, cásanse indisolublemente con la necedad. El tesón ha de estar en la voluntad, no en el juicio. Aunque hay casos de excepción, para no dejarse perder y ser vencido dos veces: una en el dictamen, otra en la ejecución.

184. No ser ceremonial, que aun en un rey la afectación en esto fue solemnizada por singularidad. Es enfadoso el puntoso, y hay naciones tocadas de esta delicadeza. El vestido de la necedad se cose de estos puntos, idólatras de su honra, y que muestran que se funda sobre poco, pues se temen que todo la pueda ofender. Bueno es mirar por el respeto, pero no sea tenido por gran maestro de cumplimientos. Bien es verdad que el hombre sin ceremonias necesita de excelentes virtudes. Ni se ha de afectar ni se ha de despreciar la cortesía. No muestra ser grande el que repara en puntillos.

185. Nunca exponer el crédito a prueba de sola una vez, que, si no sale bien aquella, es irreparable el daño. Es muy contingente errar una, y más la primera. No siempre está uno de ocasión, que por eso se dijo "estar de día". Afiance, pues, la segunda a la primera, si se errare; y si se acertare, será la primera desempeño de la segunda. Siempre ha de haber recurso a la mejoría, y apelación a más. Dependen las cosas de contingencias, y de muchas, y así es rara la felicidad del salir bien.

186. Conocer los defectos, por más autorizados que estén. No desconozca la entereza el vicio, aunque se revista de brocado; corónase tal vez de oro, pero no por eso puede disimular el yerro. No pierde la esclavitud de su vileza aunque se desmienta con la nobleza del sujeto; bien pueden estar los vicios realzados, pero no son realces. Ven algunos que aquel héroe tuvo aquel accidente, pero no ven que no fue héroe por aquello. Es tan retórico el ejemplo superior, que aun las fealdades persuade; hasta las del rostro afectó tal vez la lisonja, no advirtiendo que, si en la grandeza se disimulan, en la bajeza se abominan.

187. Todo lo favorable obrarlo por sí; todo lo odioso, por terceros. Con lo uno se concilia la afición, con lo otro se declina la malevolencia. Mayor gusto es hacer bien que recibirlo para grandes hombres, que es felicidad de su generosidad. Pocas veces se da disgusto a otro sin tomarlo, o por compasión o por repasión. Las

causas superiores no obran sin el premio o el apremio. Influya inmediatamente el bien y mediatamente el mal. Tenga donde den los golpes del descontento, que son el odio y la murmuración. Suele ser la rabia vulgar como la canina, que, desconociendo la causa de su daño, revuelve contra el instrumento, y aunque este no tenga la culpa principal, padece la pena de inmediato.

188. Traer que alabar. Es crédito del gusto, que indica tenerlo hecho a lo muy bueno, y que se le debe la estimación de lo de acá. Quien supo conocer antes la perfección, sabrá estimarla después. Da materia a la conversación y a la imitación, adelantando las plausibles noticias. Es un político modo de vender la cortesía a las perfecciones presentes. Otros, al contrario, traen siempre que vituperar, haciendo lisonja a lo presente con el desprecio de lo ausente. Sáleles bien con los superficiales, que no advierten la treta del decir mucho mal de unos con otros. Hacen política algunos de estimar más las medianías de hoy que los extremos de ayer. Conozca el atento estas sutilezas del llegar, y no le cause desmayo la exageración del uno ni engreimiento la lisonja del otro; y entienda que del mismo modo proceden en las unas partes que en las otras: truecan los sentidos y ajustánse siempre al lugar en que se hallan.

189. Valerse de la privación ajena. Que si llega a deseo, es el más eficaz torcedor. Dijeron ser nada los filósofos, y ser el todo los políticos: estos la conocieron mejor. Hacen grada unos, para alcanzar sus fines, del deseo de los otros. Válense de la ocasión, y con la dificultad de la consecución irrítanle el apetito. Prométense más del conato de la pasión que de la tibieza de la posesión; y al paso que crece la repugnancia, se apasiona más el deseo. Gran sutileza del conseguir el intento: conservar las dependencias.

190. Hallar el consuelo en todo. Hasta de inútiles lo es el ser eternos. No hay afán sin conorte: los necios le tienen en ser venturosos, y también se dijo "Ventura de fea". Para vivir mucho es arbitrio valer poco; la vasija quebrantada es la que nunca se acaba de romper, que

enfada con su durar. Parece que tiene envidia la fortuna a las personas más importantes, pues iguala la duración con la inutilidad de las unas y la importancia con la brevedad de las otras: faltarán cuantos importaren y permanecerá eterno el que es de ningún provecho, ya porque lo parece, ya porque realmente es así. Al desdichado parece que se conciertan en olvidarle la suerte y la muerte.

191. No pagarse de la mucha cortesía, que es especie de engaño. No necesitan algunos para hechizar de las yerbas de Tesalia, que con sólo el buen aire de una gorra encantan necios, digo desvanecidos. Hacen precio de la honra y pagan con el viento de unas buenas palabras. Quien lo promete todo, promete nada, y el prometer es desliz para necios. La cortesía verdadera es deuda; la afectada, engaño, y más la desusada: no es decencia, sino dependencia. No hacen la reverencia a la persona, sino a la fortuna; y la lisonja, no a las prendas que reconoce, sino a las utilidades que espera.

192. Hombre de gran paz, hombre de mucha vida. Para vivir, dejar vivir. No sólo viven los pacíficos, sino que reinan. Hase de oír y ver, pero callar. El día sin pleito hace la noche soñolienta. Vivir mucho y vivir con gusto es vivir por dos, y fruto de la paz. Todo lo tiene a quien no se le da nada de lo que no le importa. No hay mayor despropósito que tomarlo todo de propósito. Igual necedad que le pase el corazón a quien no le toca, y que no le entre de los dientes adentro a quien le importa.

193. Atención al que entra con la ajena por salir con la suya. No hay reparo para la astucia como la advertencia. Al entendido, un buen entendedor. Hacen algunos ajeno el negocio propio, y sin la contracifra de intenciones se halla a cada paso empeñado uno en sacar del fuego el provecho ajeno con daño de su mano.

194. Concebir de sí y de sus cosas cuerdamente. Y más al comenzar a vivir. Conciben todos altamente de sí, y más los que menos son. Suéñase cada uno su fortuna y se imagina un prodigio. Empéñase desatinadamente la esperanza, y después nada cumple la experiencia; sirve de tormento a su imaginación vana el desengaño de la realidad verdadera. Corrija la cordura semejantes desaciertos, y aunque puede desear lo mejor, siempre ha de esperar lo peor, para tomar con ecuanimidad lo que viniere. Es destreza asestar algo más alto para ajustar el tiro, pero no tanto que sea desatino. Al comenzar los empleos, es precisa esta reformación de concepto, que suele desatinar la presunción sin la experiencia. No hay medicina más universal para todas necedades que el seso. Conozca cada uno la esfera de su actividad y estado, y podrá regular con la realidad el concepto.

195. Saber estimar. Ninguno hay que no pueda ser maestro de otro en algo, ni hay quien no exceda al que excede. Saber disfrutar a cada uno es útil saber. El sabio estima a todos porque reconoce lo bueno en cada uno y sabe lo que cuestan las cosas de hacerse bien. El necio desprecia a todos por ignorancia de lo bueno y por elección de lo peor.

196. Conocer su estrella. Ninguno tan desvalido que no la tenga, y si es desdichado, es por no conocerla. Tienen unos cabida con príncipes y poderosos sin saber cómo ni por qué, sino que su misma suerte les facilitó el favor; sólo queda para la industria el ayudarla. Otros se hallan con la gracia de los sabios. Fue alguno más acepto en una nación que en otra, y más bien visto en esta ciudad que en aquella. Experiméntase también más dicha en un empleo y estado que en los otros, y todo esto en igualdad, y aun identidad, de méritos. Baraja como y cuando quiere la suerte. Conozca la suya cada uno, así como su Minerva, que va el perderse o el ganarse. Sépala seguir y ayudar; no las trueque, que sería errar el norte a que le llama la vecina bocina.

197. Nunca embarazarse con necios. Eslo el que no los conoce, y más el que, conocidos, no los descarta. Son peligrosos para el trato superficial y perniciosos para la confidencia; y aunque algún tiempo los contenga su recelo propio y el cuidado ajeno, al cabo hacen la necedad o la dicen; y si tardaron, fue para hacerla más solemne. Mal puede ayudar al crédito ajeno quien no le tiene propio. Son infelicísimos, que es el sobrehueso de la necedad, y se pegan una y otra. Sola una cosa tienen menos mala, y es que ya que a ellos los cuerdos no les son de algún provecho, ellos sí de mucho a los sabios, o por noticia o por escarmiento.

198. Saberse trasplantar. Hay naciones que para valer se han de remudar, y más en puestos grandes. Son las patrias madrastras de las mismas eminencias: reina en ellas la envidia como en tierra connatural, y más se acuerdan de las imperfecciones con que uno comenzó que de la grandeza a que ha llegado. Un alfiler pudo conseguir estimación, pasando de un mundo a otro, y un vidrio puso en desprecio al diamante porque se trasladó. Todo lo extraño es estimado, ya porque vino de lejos, ya porque se logra hecho y en su perfección. Sujetos vimos que ya fueron el desprecio de su rincón, y hoy son la honra del mundo, siendo estimados de los propios y extraños: de los unos porque los miran de lejos, de los otros porque lejos. Nunca bien venerará la estatua en el ara el que la conoció tronco en el huerto.

199. Saberse hacer lugar a lo cuerdo, no a lo entremetido. El verdadero camino para la estimación es el de los méritos, y si la industria se funda en el valor, es atajo para el alcanzar. Sola la entereza, no basta; sola la solicitud, es indigna, que llegan tan enlodadas las cosas, que son asco de la reputación. Consiste en un medio de merecer y de saberse introducir.

200. Tener que desear, para no ser felizmente desdichado. Respira el cuerpo y anhela el espíritu. Si todo fuere posesión, todo será desengaño y descontento. Aun en el entendimiento siempre ha de

quedar qué saber, en que se cebe la curiosidad. La esperanza alienta: los hartazgos de felicidad son mortales. En el premiar es destreza nunca satisfacer. Si nada hay que desear, todo es de temer; dicha desdichada; donde acaba el deseo, comienza el temor.

201. Son tontos todos los que lo parecen y la mitad de los que no lo parecen. Alzóse con el mundo la necedad, y si hay algo de sabiduría, es estulticia con la del cielo; pero el mayor necio es el que no se lo piensa y a todos los otros define. Para ser sabio no basta parecerlo, menos parecérselo: aquel sabe que piensa que no sabe, y aquel no ve que no ve que los otros ven. Con estar todo el mundo lleno de necios, ninguno hay que se lo piense, ni aun lo recele.

202. Dichos y hechos hacen un varón consumado. Hase de hablar lo muy bueno y obrar lo muy honroso: la una es perfección de la cabeza, la otra del corazón, y entrambas nacen de la superioridad del ánimo. Las palabras son sombra de los hechos: son aquellas las hembras, estos los varones. Más importa ser celebrado que ser celebrador. Es fácil el decir y difícil el obrar. Las hazañas son la sustancia del vivir, y las sentencias, el ornato. La eminencia en los hechos dura, en los dichos pasa. Las acciones son el fruto de las atenciones: los unos sabios, los otros hazañosos.

203. Conocer las eminencias de su siglo. No son muchas: una fénix en todo un mundo, un Gran Capitán, un perfecto orador, un sabio en todo un siglo, un eminente rey en muchos. Las medianías son ordinarias en número y aprecio; las eminencias, raras en todo, porque piden complemento de perfección, y cuanto más sublime la categoría, más dificultoso el extremo. Muchos les tomaron los renombres de magnos a César y Alejandro, pero en vacío, que sin los hechos no es más la voz que un poco de aire: pocos Sénecas ha habido, y un solo Apeles celebró la fama.

204. Lo fácil se ha de emprender como dificultoso, y lo dificultoso como fácil. Allí porque la confianza no descuide, aquí porque la

desconfianza no desmaye. No es menester más para que no se haga la cosa que darla por hecha; y, al contrario, la diligencia allana la imposibilidad. Los grandes empeños aun no se han de pensar, basta ofrecerse, porque la dificultad, advertida, no ocasione el reparo.

205. Saber jugar del desprecio. Es treta para alcanzar las cosas depreciarlas. No se hallan comúnmente cuando se buscan, y después, al descuido, se vienen a la mano. Como todas las de acá son sombra de las eternas, participan de la sombra aquella propiedad, huyen de quien las sigue y persiguen a quien las huye. Es también el desprecio la más política venganza. Única máxima de sabios: nunca defenderse con la pluma, que deja rastro, y viene a ser más gloria de la emulación que castigo del atrevimiento. Astucia de indignos: oponerse a grandes hombres para ser celebrados por indirecta, cuando no lo merecían de derecho; que no conociéramos a muchos si no hubieran hecho caso de ellos los excelentes contrarios. No hay venganza como el olvido, que es sepultarlos en el polvo de su nada. Presumen, temerarios, hacerse eternos pegando fuego a las maravillas del mundo y de los siglos. Arte de reformar la murmuración: no hacer caso; impugnarla causa perjuicio; y si crédito, descrédito. A la emulación, complacencia, que aun aquella sombra de desdoro deslustra, ya que no oscurece del todo la mayor perfección.

206. Sépase que hay vulgo en todas partes: en la misma Corinto, en la familia más selecta. De las puertas adentro de su casa lo experimenta cada uno. Pero hay vulgo, y revulgo, que es peor: tiene el especial las mismas propiedades que el común, como los pedazos del quebrado espejo, y aun más perjudicial: habla a lo necio y censura a lo impertinente; gran discípulo de la ignorancia, padrino de la necedad y aliado de la hablilla. No se ha de atender a lo que dice, y menos a lo que siente. Importa conocerlo para librarse de él, o como parte, o como objeto. Que cualquiera necedad es vulgaridad, y el vulgo se compone de necios.

207. Usar del reporte. Hase de estar más sobre el caso en los acasos. Son los ímpetus de las pasiones deslizaderos de la cordura, y allí es el riesgo de perderse. Adelántase uno más en un instante de furor o contento que en muchas horas de indiferencia. Corre tal vez en breve rato para correrse después toda la vida. Traza la ajena astuta intención estas tentaciones de prudencia para descubrir tierra, o ánimo. Válese de semejantes torcedores de secretos, que suelen apurar el mayor caudal. Sea contraardid el reporte, y más en las prontitudes. Mucha reflexión es menester para que no se desboque una pasión, y gran cuerdo el que a caballo lo es. Va con tiento el que concibe el peligro. Lo que parece ligera la palabra al que la arroja, le parece pesada al que la recibe y la pondera.

208. No morir de achaque de necio. Comúnmente, los sabios mueren faltos de cordura; al contrario, los necios, hartos de consejo. Morir de necio es morir de discurrir sobrado. Unos mueren porque sienten y otros viven porque no sienten. Y así, unos son necios porque no mueren de sentimiento, y otros lo son porque mueren de él. Necio es el que muere de sobrado entendido. De suerte que unos mueren de entendedores y otros viven de no entendidos; pero, con morir muchos de necios, pocos necios mueren.

209. Librarse de las necedades comunes. Es cordura bien especial. Están muy validas por lo introducido, y algunos, que no se rindieron a la ignorancia particular, no supieron escaparse de la común. Vulgaridad es no estar contento ninguno con su suerte, aun la mayor, ni descontento de su ingenio, aunque el peor. Todos codician, con descontento de la propia, la felicidad ajena. También alaban los de hoy las cosas de ayer, y los de acá las de allende. Todo lo pasado parece mejor, y todo lo distante es más estimado. Tan necio es el que se ríe de todo como el que se pudre de todo.

210. Saber jugar de la verdad. Es peligrosa, pero el hombre de bien no puede dejar de decirla: ahí es menester el artificio. Los diestros médicos del ánimo inventaron el modo de endulzarla, que cuando toca en desengaño es la quinta esencia de lo amargo. El buen modo

se vale aquí de su destreza: con una misma verdad lisonjea uno y aporrea otro. Hase de hablar a los presentes en los pasados. Con el buen entendedor basta brujulear; y cuando nada bastare entra el caso de enmudecer. Los príncipes no se han de curar con cosas amargas, para eso es el arte de dorar los desengaños.

211. En el Cielo todo es contento, en el Infierno todo es pesar. En el mundo, como en medio, uno y otro. Estamos entre dos extremos, y así se participa de entrambos. Altérnanse las suertes: ni todo ha de ser felicidad, ni todo adversidad. Este mundo es un cero: a solas, vale nada; juntándolo con el Cielo, mucho. La indiferencia a su variedad es cordura, ni es de sabios la novedad. Vase empeñando nuestra vida como en comedia, al fin viene a desenredarse. Atención, pues, al acabar bien.

212. Reservarse siempre las últimas tretas del arte. Es de grandes maestros, que se valen de su sutileza en el mismo enseñarla. Siempre ha de quedar superior, y siempre maestro. Hase de ir con arte en comunicar el arte; nunca se ha de agotar la fuente del enseñar, así como ni la del dar. Con eso se conserva la reputación y la dependencia. En el agradar y en el enseñar se ha de observar aquella gran lección de ir siempre cebando la admiración y adelantando la perfección. El retén en todas las materias fue gran regla de vivir, de vencer, y más en los empleos más sublimes.

213. Saber contradecir. Es gran treta del tentar, no para empeñarse, sino para empeñar. Es el único torcedor, el que hace saltar los afectos. Es un vomitivo para los secretos la tibieza en el creer, llave del más cerrado pecho. Hácese con grande sutileza la tentativa doble de la voluntad y del juicio. Un desprecio sagaz de la misteriosa palabra del otro da caza a los secretos más profundos, y valos con suavidad bocadeando hasta traerlos a la lengua y a que den en las redes del artificioso engaño. La detención en el atento hace arrojarse a la del otro en el recato y descubre el ajeno sentir, que de otro modo era el corazón inescrutable. Una duda afectada es la más sutil ganzúa de la curiosidad para saber cuanto quisiere. Y

aun para el aprender es treta del discípulo contradecir al maestro, que se empeña con más conato en la declaración y fundamento de la verdad; de suerte que la impugnación moderada da ocasión a la enseñanza cumplida.

214. No hacer de una necedad dos. Es muy ordinario para remendar una cometer otras cuatro. Excusar una impertinencia con otra mayor es de casta de mentira, o esta lo es de necedad, que para sustentarse una necesita de muchas. Siempre del mal pleito fue peor el patrocinio; más mal que el mismo mal: no saberlo desmentir. Es pensión de las imperfecciones dar a censo otras muchas. En un descuido puede caer el mayor sabio, pero en dos no; y de paso, que no de asiento.

215. Atención al que llega de segunda intención. Es ardid del hombre negociante descuidar la voluntad para acometerla, que es vencida en siendo convencida. Disimulan el intento para conseguirlo y pónese segundo para que en la ejecución sea primero: asegúrase el tiro en lo inadvertido. Pero no duerma la atención cuando tan desvelada la intención, y si ésta se hace segunda para el disimulo, aquella primera para el conocimiento. Advierta la cautela el artificio con que llega, y nótele las puntas que va echando para venir a parar al punto de su pretensión. Propone uno y pretende otro, y revuelven con sutileza a dar en el blanco de su intención. Sepa, pues, lo que le concede, y tal vez convendrá dar a entender que ha entendido.

216. Tener la declarativa. Es no sólo desembarazo, pero despejo en el concepto. Algunos conciben bien y paren mal, que sin la claridad no salen a luz los hijos del alma, los conceptos y decretos. Tienen algunos la capacidad de aquellas vasijas que perciben mucho y comunican poco. Al contrario, otros dicen aún más de lo que sienten. Lo que es la resolución en la voluntad es la explicación en el entendimiento: dos grandes eminencias. Los ingenios claros son plausibles, los confusos fueron venerados por no entendidos, y tal vez conviene la oscuridad para no ser vulgar; pero)cómo harán

concepto los demás de lo que les oyen, si no les corresponde concepto mental a ellos de lo que dicen?

217. **No se ha de querer ni aborrecer para siempre.** Confiar de los amigos hoy como enemigos mañana, y los peores; y pues pasa en la realidad, pase en la prevención. No se han de dar armas a los tránsfugas de la amistad, que hacen con ellas la mayor guerra. Al contrario con los enemigos, siempre puerta abierta a la reconciliación, y sea la de la galantería: es la más segura. Atormentó alguna vez después la venganza de antes, y sirve de pesar el contento de la mala obra que se le hizo.

218. **Nunca obrar por tema, sino por atención.** Toda tema es postema, gran hija de la pasión, la que nunca obró cosa a derechas. Hay algunos que todo lo reducen a guerrilla; bandoleros del trato, cuanto ejecutan querrían que fuese vencimiento, no saben proceder pacíficamente. Estos para mandar y regir son perniciosos, porque hacen bando del gobierno, y enemigos de los que habían de hacer hijos. Todo lo quieren disponer con traza y conseguir como fruto de su artificio; pero, en descubriéndoles el paradojo humor, los demás luego se apuntan con ellos, procúranles estorbar sus quimeras, y así nada consiguen. Llévanse muchos hartazgos de enfados, y todos les ayudan al disgusto. Estos tienen el dictamen leso, y tal vez dañado el corazón. El modo de portarse con semejantes monstruos es huir a los antípodas, que mejor se llevará la barbaridad de aquellos que la fiereza de estos.

219. **No ser tenido por hombre de artificio.** Aunque no se puede ya vivir sin él. Antes prudente que astuto. Es agradable a todos la lisura en el trato, pero no a todos por su casa. La sinceridad no dé en el extremo de simplicidad; ni la sagacidad, de astucia. Sea antes venerado por sabio que temido por reflejo. Los sinceros son amados, pero engañados. El mayor artificio sea encubrirlo, que se tiene por engaño. Floreció en el siglo de oro la llaneza, en este de yerro la malicia. El crédito de hombre que sabe lo que ha de hacer es

honroso y causa confianza, pero el de artificioso es sofístico y engendra recelo.

220. Cuando no puede uno vestirse la piel del león, vístase la de la vulpeja. Saber ceder al tiempo es exceder. El que sale con su intento nunca pierde reputación. A falta de fuerza, destreza. Por un camino o por otro: o por el real del valor, o por el atajo del artificio. Más cosas ha obrado la maña que la fuerza, y más veces vencieron los sabios a los valientes que al contrario. Cuando no se puede alcanzar la cosa, entra el desprecio.

221. No ser ocasionado, ni para empeñarse, ni para empeñar. Hay tropiezos del decoro, tanto propio como ajeno, siempre a punto de necedad. Encuéntranse con gran facilidad y rompen con infelicidad. No lo hacen al día con cien enfados. Tienen el humor al repelo, y así contradicen a cuantos y cuanto hay. Calzáronse el juicio al revés, y así todo lo reprueban. Pero los mayores tentadores de la cordura son los que nada hacen bien y de todo dicen mal, que hay muchos monstruos en el extendido país de la impertinencia.

222. Hombre detenido, evidencia de prudente. Es fiera la lengua, que si una vez se suelta, es muy dificultosa de poderse volver a encadenar. Es el pulso del alma por donde conocen los sabios su disposición. Aquí pulsan los atentos el movimiento del corazón. El mal es que el que había de serlo más, es menos reportado. Excúsase el sabio enfados y empeños, y muestra cuán señor es de sí. Procede circunspecto, Jano en la equivalencia, Argos en la verificación. Mejor Momo hubiera echado menos los ojos en las manos que la ventanilla en el pecho.

223. No ser muy individuado, o por afectar, o por no advertir. Tienen algunos notable individuación, con acciones de manía, que son más defectos que diferencias. Y así como algunos son muy conocidos por alguna singular fealdad en el rostro, así estos por algún exceso en el porte. No sirve el individuarse sino de nota, con

una impertinente especialidad que conmueve alternativamente en unos la risa, en otros el enfado.

224. Saber tomar las cosas. Nunca al repelo, aunque vengan. Todas tienen haz y envés. La mejor y más favorable, si se toma por el corte, lastima. Al contrario, la más repugnante defiende, si por la empuñadura. Muchas fueron de pena que, si se consideraran las conveniencias, fueran de contento. En todo hay convenientes e inconvenientes: la destreza está en saber topar con la comodidad. Hace muy diferentes visos una misma cosa si se mira a diferentes luces: mírese por la de la felicidad. No se han de trocar los frenos al bien y al mal. De aquí procede que algunos en todo hallan el contento, y otros el pesar. Gran reparo contra los reveses de la fortuna, y gran regla de vivir para todo tiempo y para todo empleo.

225. Conocer su defecto rey. Ninguno vive sin él, contrapeso de la prenda relevante; y si le favorece la inclinación, apodérase a lo tirano. Comience a hacerle la guerra, publicando el cuidado contra él, y el primer paso sea el manifiesto, que en siendo conocido, será vencido, y más si el interesado hace el concepto de él como los que notan. Para ser señor de sí es menester ir sobre sí. Rendido este cabo de imperfecciones, acabarán todas.

226. Atención a obligar. Los más no hablan ni obran como quien son, sino como les obligan. Para persuadir lo malo cualquiera sobra, porque lo malo es muy creído, aunque tal vez increíble. Lo más y lo mejor que tenemos depende de respeto ajeno. Conténtanse algunos con tener la razón de su parte; pero no basta, que es menester ayudarla con la diligencia. Cuesta a veces muy poco el obligar, y vale mucho. Con palabras se compran obras. No hay alhaja tan vil en esta gran casa del universo, que una vez al año no sea menester; y aunque valga poco, hará gran falta. Cada uno habla del objeto según su afecto.

227. No ser de primera impresión. Cásanse algunos con la primera información, de suerte que las demás son concubinas, y como se adelanta siempre la mentira, no queda lugar después para la verdad. Ni la voluntad con el primer objeto, ni el entendimiento con la primera proposición se han de llenar, que es cortedad de fondo. Tienen algunos la capacidad de vasija nueva, que el primer olor la ocupa, tanto del mal licor como del bueno. Cuando esta cortedad llega a conocida, es perniciosa, que da pie a la maliciosa industria. Previénense los malintencionados a teñir de su color la credulidad. Quede siempre lugar a la revista: guarde Alejandro la otra oreja para la otra parte. Quede lugar para la segunda y tercera información. Arguye incapacidad el impresionarse, y está cerca del apasionarse.

228. No tener voz de mala voz. Mucho menos tener tal opinión, que es tener fama de contrafamas. No sea ingenioso a costa ajena, que es más odioso que dificultoso. Vénganse todos de él, diciendo mal todos de él; y como es solo y ellos muchos, más presto será él vencido que convencidos ellos. Lo malo nunca ha de contentar, pero ni comentarse. Es el murmurador para siempre aborrecido, y aunque a veces personajes grandes atraviesen con él, será más por gusto de su fisga que por estimación de su cordura. Y el que dice mal siempre oye peor.

229. Saber repartir su vida a lo discreto: no como se vienen las ocasiones, sino por providencia y delecto. Es penosa sin descansos, como jornada larga sin mesones. Hácela dichosa la variedad erudita. Gástese la primera estancia del bello vivir en hablar con los muertos: nacemos para saber y sabernos, y los libros con fidelidad nos hacen personas. La segunda jornada se emplee con los vivos: ver y registrar todo lo bueno del mundo; no todas las cosas se hallan en una tierra; repartió los dotes el Padre universal, y a veces enriqueció más la fea. La tercera jornada sea toda para sí: última felicidad, el filosofar.

230. Abrir los ojos con tiempo. No todos los que ven han abierto los ojos, ni todos los que miran ven. Dar en la cuenta tarde no sirve de remedio, sino de pesar. Comienzan a ver algunos cuando no hay qué: deshicieron sus casas y sus cosas antes de hacerse ellos. Es dificultoso dar entendimiento a quien no tiene voluntad, y más dar voluntad a quien no tiene entendimiento. Juegan con ellos los que les van alrededor como con ciegos, con risa de los demás. Y porque son sordos para oír, no abren los ojos para ver. Pero no falta quien fomenta esta insensibilidad, que consiste su ser en que ellos no sean. Infeliz caballo cuyo amo no tiene ojos: mal engordará.

231. Nunca permitir a medio hacer las cosas. Gócense en su perfección. Todos los principios son informes, y queda después la imaginación de aquella deformidad: la memoria de haberlo visto imperfecto no lo deja lograr acabado. Gozar de un golpe el objeto grande, aunque embaraza el juicio de las partes, de por sí adecua el gusto. Antes de ser todo es nada, y en el comenzar a ser se está aun muy dentro de su nada. El ver guisar el manjar más regalado sirve antes de asco que de apetito. Recátese, pues, todo gran maestro de que le vean sus obras en embrión. Aprenda de la naturaleza a no exponerlas hasta que puedan parecer.

232. Tener un punto de negociante. No todo sea especulación, haya también acción. Los muy sabios son fáciles de engañar, porque aunque saben lo extraordinario, ignoran lo ordinario del vivir, que es más preciso. La contemplación de las cosas sublimes no les da lugar para las manuales; y como ignoran lo primero que habían de saber, y en que todos parten un cabello, o son admirados o son tenidos por ignorantes del vulgo superficial. Procure, pues, el varón sabio tener algo de negociante, lo que baste para no ser engañado, y aun reído. Sea hombre de lo agible, que aunque no es lo superior, es lo más preciso del vivir.)De qué sirve el saber, si no es práctico? Y el saber vivir es hoy el verdadero saber.

233. No errarle el golpe al gusto, que es hacer un pesar por un placer. Con lo que piensan obligar algunos, enfadan, por no

comprehender los genios. Obras hay que para unos son lisonja y para otros ofensa; y el que se creyó servicio fue agravio. Costó a veces más el dar disgusto que hubiera costado el hacer placer. Pierden el agradecimiento y el don porque perdieron el norte del agradar. Si no se sabe el genio ajeno, mal se le podrá satisfacer; de aquí es que algunos pensaron decir un elogio y dijeron un vituperio, que fue bien merecido castigo. Piensan otros entretener con su elocuencia y aporrean el alma con su locuacidad.

234. Nunca fiar reputación sin prendas de honra ajena. Hase de ir a la parte del provecho en el silencio, del daño en la facilidad. En intereses de honra siempre ha de ser el trato de compañía, de suerte que la propia reputación haga cuidar de la ajena. Nunca se ha de fiar, pero si alguna vez, sea con tal arte, que pueda ceder la prudencia a la cautela. Sea el riesgo común y recíproca la causa para que no se le convierta en testigo el que se reconoce partícipe.

235. Saber pedir. No hay cosa más dificultosa para algunos ni más fácil para otros. Hay unos que no saben negar; con éstos no es menester ganzúa. Hay otros que el No es su primera palabra a todas horas; con estos es menester la industria. Y con todos, la sazón: un coger los espíritus alegres, o por el pasto antecedente del cuerpo, o por el del ánimo. Si ya la atención del reflejo que atiende no previene la sutileza en el que intenta, los días del gozo son los del favor, que redunda del interior a lo exterior. No se ha de llegar cuando se ve negar a otro, que está perdido el miedo al No. Sobre tristeza no hay buen lance. El obligar de antemano es cambio donde no corresponde la villanía.

236. Hacer obligación antes de lo que había de ser premio después. Es destreza de grandes políticos. Favores antes de méritos son prueba de hombres de obligación. El favor a sí anticipado tiene dos eminencias: que con lo pronto del que da obliga más al que recibe. Un mismo don, si después es deuda, antes es empeño. Sutil modo de transformar obligaciones, que la que había de estar en el superior, para premiar, recae en el obligado, para satisfacer. Esto se

entiende con gente de obligaciones, que para hombres viles más sería poner freno que espuela, anticipando la paga del honor.

237. Nunca partir secretos con mayores. Pensará partir peras y partirá piedras. Perecieron muchos de confidentes. Son estos como cuchara de pan, que corre el mismo riesgo después. No es favor del príncipe, sino pecho, el comunicarlo. Quiebran muchos el espejo porque les acuerda la fealdad. No puede ver al que le pudo ver, ni es bien visto el que vio mal. A ninguno se ha de tener muy obligado, y al poderoso menos. Sea antes con beneficios hechos que con favores recibidos. Sobre todo, son peligrosas confianzas de amistad. El que comunicó sus secretos a otro hízose esclavo de él, y en soberanos es violencia que no puede durar. Desean volver a redimir la libertad perdida, y para esto atropellarán con todo, hasta la razón. Los secretos, pues, ni oírlos, ni decirlos.

238. Conocer la pieza que le falta. Fueran muchos muy personas si no les faltara un algo, sin el cual nunca llegan al colmo del perfecto ser. Nótase en algunos que pudieran ser mucho si repararan en bien poco. Háceles falta la seriedad, con que deslucen grandes prendas; a otros, la suavidad de la condición, que es falta que los familiares echan presto menos, y más en personas de puesto. En algunos se desea lo ejecutivo y en otros lo reportado. Todos estos desaires, si se advirtiesen, se podrían suplir con facilidad, que el cuidado puede hacer de la costumbre segunda naturaleza.

239. No ser reagudo: más importa prudencial. Saber más de lo que conviene es despuntar, porque las sutilezas comúnmente quiebran. Más segura es la verdad asentada. Bueno es tener entendimiento, pero no bachillería. El mucho discurrir ramo es de cuestión. Mejor es un buen juicio sustancial que no discurre más de lo que importa.

240. Saber usar de la necedad. El mayor sabio juega tal vez de esta pieza, y hay tales ocasiones, que el mejor saber consiste en mostrar no saber. No se ha de ignorar, pero sí afectar que se ignora. Con los

necios poco importa ser sabio, y con los locos cuerdo: hásele de hablar a cada uno en su lenguaje. No es necio el que afecta la necedad, sino el que la padece. La sencilla lo es, que no la doble, que hasta esto llega el artificio. Para ser bienquisto, el único medio, vestirse la piel del más simple de los brutos.

241. Las burlas sufrirlas, pero no usarlas. Aquello es especie de galantería, esto de empeño. El que en la fiesta se desazona mucho tiene de bestia, y muestra más. Es gustosa la burla; sobrado saberla sufrir, es argumento de capacidad. Da pie el que se pica a que le repiquen. A lo mejor se han de dejar, y lo más seguro es no levantarlas: las mayores veras nacieron siempre de las burlas. No hay cosa que pida más atención y destreza. Antes de comenzar se ha de saber hasta qué punto de sufrir llegará el genio del sujeto.

242. Seguir los alcances. Todo se les va a algunos en comenzar, y nada acaban. Inventan, pero no prosiguen: inestabilidad de genio. Nunca consiguen alabanza, porque nada prosiguen; todo para en parar. Si bien nace en otros de impaciencia de ánimo, tacha de españoles, así como la paciencia es ventaja de los belgas. Estos acaban las cosas, aquellos acaban con ellas: hasta vencer la dificultad sudan, y conténtanse con el vencer; no saben llevar al cabo la victoria; prueban que pueden, mas no quieren. Pero siempre es defecto, de imposibilidad o liviandad. Si la obra es buena,)por qué no se acaba?; y si mala,)por qué se comenzó? Mate, pues, el sagaz la caza, no se le vaya todo en levantarla.

243. No ser todo columbino. Altérnense la calidez de la serpiente con la candidez de la paloma. No hay cosa más fácil que engañar a un hombre de bien. Cree mucho el que nunca miente y confía mucho el que nunca engaña. No siempre procede de necio el ser engañado, que tal vez de bueno. Dos géneros de personas previenen mucho los daños: los escarmentados, que es muy a su costa, y los astutos, que es muy a la ajena. Muéstrese tan extremada la sagacidad para el recelo como la astucia para el enredo, y no quiera

uno ser tan hombre de bien, que ocasione al otro el serlo de mal. Sea uno mixto de paloma y de serpiente; no monstruo, sino prodigio.

244. Saber obligar. Transforman algunos el favor propio en ajeno, y parece, o dan a entender, que hacen merced cuando la reciben. Hay hombres tan advertidos, que honran pidiendo, y truecan el provecho suyo en honra del otro. De tal suerte trazan las cosas, que parezca que los otros les hacen servicio cuando les dan, trastrocando con extravagante política el orden del obligar. Por lo menos ponen en duda quién hace favor a quién. Compran a precio de alabanzas lo mejor, y del mostrar gusto de una cosa hacen honra y lisonja. Empeñan la cortesía, haciendo deuda de lo que había de ser su agradecimiento. De esta suerte truecan la obligación de pasiva en activa, mejores políticos que gramáticos. Gran sutileza esta, pero mayor lo sería el entendérsela, destrocando la necedad, volviéndoles su honra y cobrando cada uno su provecho.

245. Discurrir tal vez a lo singular y fuera de lo común. Arguye superioridad de caudal. No ha de estimar al que nunca se le opone, que no es señal de amor que le tenga, sino del que él se tiene. No se deje engañar de la lisonja pagándola, sino condenándola. También tenga por crédito el ser murmurado de algunos, y más de aquellos que de todos los buenos dicen mal. Pésele de que sus cosas agraden a todos, que es señal de no ser buenas, que es de pocos lo perfecto.

246. Nunca dar satisfacción a quien no la pedía. Y aunque se pida, es especie de delito, si es sobrada. El excusarse antes de ocasión es culparse, y el sangrarse en salud es hacer del ojo al mal, y a la malicia. La excusa anticipada despierta el recelo que dormía. Ni se ha de dar el cuerdo por entendido de la sospecha ajena, que es salir a buscar el agravio. Entonces la ha de procurar desmentir con la entereza de su proceder.

247. Saber un poco más, y vivir un poco menos. Otros discurren al contrario. Más vale el buen ocio que el negocio. No tenemos cosa nuestra sino el tiempo.)Dónde vive quien no tiene lugar? Igual infelicidad es gastar la preciosa vida en tareas mecánicas que en demasía de las sublimes; ni se ha de cargar de ocupaciones, ni de envidia: es atropellar el vivir y ahogar el ánimo. Algunos lo extienden al saber, pero no se vive si no se sabe.

248. No se le lleve el último. Hay hombres de última información, que va por extremos la impertinencia. Tienen el sentir y el querer de cera. El último sella y borra los demás. Estos nunca están ganados, porque con la misma facilidad se pierden. Cada uno los tiñe de su color. Son malos para confidentes, niños de toda la vida; y así, con variedad en los juicios y afectos, andan fluctuando, siempre cojos de voluntad y de juicio, inclinándose a una y a otra parte.

249. No comenzar a vivir por donde se ha de acabar. Algunos toman el descanso al principio y dejan la fatiga para el fin. Primero ha de ser lo esencial, y después, si quedare lugar, lo accesorio. Quieren otros triunfar antes de pelear. Algunos comienzan a saber por lo que menos importa, y los estudios de crédito y utilidad dejan para cuando se les acaba el vivir. No ha comenzado a hacer fortuna el otro cuando ya se desvanece. Es esencial el método para saber y poder vivir.

250.)Cuándo se ha de discurrir al revés? Cuando nos hablan a la malicia. Con algunos todo ha de ir al encontrado. El Sí es No y el No es Sí. El decir mal de una cosa se tiene por estimación de ella, que el que la quiere para sí la desacredita para los otros. No todo alabar es decir bien, que algunos, por no alabar los buenos, alaban también los malos; y para quien ninguno es malo, ninguno será bueno.

251. Hanse de procurar los medios humanos como si no hubiese divinos, y los divinos como si no hubiese humanos. Regla de gran maestro; no hay que añadir comento.

252. Ni todo suyo, ni todo ajeno: es una vulgar tiranía. Del quererse todo para sí se sigue luego querer todas las cosas para sí. No saben estos ceder en la más mínima, ni perder un punto de su comodidad. Obligan poco, fíanse en su fortuna, y suele falsearles el arrimo. Conviene tal vez ser de otros para que los otros sean de él, y quien tiene empleo común ha de ser esclavo común, o "renuncie el cargo con la carga", dirá la vieja a Adriano. Al contrario, otros todos son ajenos, que la necedad siempre va por demasías, y aquí infeliz: no tienen día, ni aun hora suya, con tal exceso de ajenos, que alguno fue llamado "el de todos". Aun en el entendimiento, que para todos saben y para sí ignoran. Entienda el atento que nadie le busca a él, sino su interés en él, o por él.

253. No allanarse sobrado en el concepto. Los más no estiman lo que entienden, y lo que no perciben lo veneran. Las cosas, para que se estimen, han de costar. Será celebrado cuando no fuere entendido. Siempre se ha de mostrar uno más sabio y prudente de lo que requiere aquel con quien trata para el concepto, pero con proporción, más que exceso. Y si bien con los entendidos vale mucho el seso en todo, para los más es necesario el remonte. No se les ha de dar lugar a la censura, ocupándolos en el entender. Alaban muchos lo que, preguntados, no saben dar razón.)Por qué? Todo lo recóndito veneran por misterio y lo celebran porque oyen celebrarlo.

254. No despreciar el mal por poco, que nunca viene uno solo. Andan encadenados, así como las felicidades. Van la dicha y la desdicha de ordinario adonde más hay; y es que todos huyen del desdichado y se arriman al venturoso. Hasta las palomas, con toda su sencillez, acuden al homenaje más blanco. Todo le viene a faltar a un desdichado: él mismo a sí mismo, el discurso y el conorte. No se ha de despertar la desdicha cuando duerme. Poco es un deslizar, pero síguese aquel fatal despeño, sin saber dónde se vendrá a parar, que así como ningún bien fue del todo cumplido, así ningún mal del todo acabado. Para el que viene del cielo es la paciencia; para el que del suelo, la prudencia.

255. Saber hacer el bien: poco, y muchas veces. Nunca ha de exceder el empeño a la posibilidad. Quien da mucho, no da, sino que vende. No se ha de apurar el agradecimiento, que, en viéndose imposibilitado, quebrará la correspondencia. No es menester más para perder a muchos que obligarlos con demasía. Por no pagar se retiran, y dan en enemigos, de obligados. El ídolo nunca querría ver delante al escultor que lo labró; ni el empenado, su bienhechor al ojo. Gran sutileza del dar, que cueste poco y se desee mucho, para que se estime más.

256. Ir siempre prevenido: contra los descorteses, porfiados, presumidos y todo género de necios. Encuéntranse muchos, y la cordura está en no encontrarse con ellos. Ármese cada día de propósitos al espejo de su atención, y así vencerá los lances de la necedad. Vaya sobre el caso, y no expondrá a vulgares contingencias su reputación: varón prevenido de cordura no será combatido de impertinencia. Es dificultoso el rumbo del humano trato, por estar lleno de escollos del descrédito; el desviarse es lo seguro, consultando a Ulises de astucia. Vale aquí mucho el artificioso desliz. Sobre todo, eche por la galantería, que es el único atajo de los empeños.

257. Nunca llegar a rompimiento, que siempre sale de él descalabrada la reputación. Cualquiera vale para enemigo, no así para amigo. Pocos pueden hacer bien, y casi todos mal. No anida segura el águila en el mismo seno de Júpiter el día que rompe con un escarabajo: con la zarpa del declarado irritan los disimulados el fuego, que estaban a la espera de la ocasión. De los amigos maleados salen los peores enemigos; cargan con defectos ajenos el propio en su afición. De los que miran, cada uno habla como siente y siente como desea, condenando todos, o en los principios, de falta de providencia, o en los fines, de espera; y siempre de cordura. Si fuere inevitable el desvío, sea excusable, antes con tibieza de favor que con violencia de furor. Y aquí viene bien aquello de una bella retirada.

258. Buscar quien le ayude a llevar las infelicidades. Nunca será solo, y menos en los riesgos, que sería cargarse con todo el odio. Piensan algunos alzarse con toda la superintendencia, y álzanse con toda la murmuración. De esta suerte tendrá quien le excuse o quien le ayude a llevar el mal. No se atreven tan fácilmente a dos, ni la fortuna, ni la vulgaridad, y aun por eso el médico sagaz, ya que erró la cura, no yerra en buscar quien, a título de consulta, le ayude a llevar el ataúd: repártese el peso y el pesar, que la desdicha a solas se redobla para intolerable.

259. Prevenir las injurias y hacer de ellas favores. Más sagacidad es evitarlas que vengarlas. Es gran destreza hacer confidente del que había de ser émulo, convertir en reparos de su reputación los que la amenazaban tiros. Mucho vale el saber obligar: quita el tiempo para el agravio el que lo ocupó con el agradecimiento. Y es saber vivir convertir en placeres los que avían de ser pesares. Hágase confidencia de la misma malevolencia.

260. Ni será ni tendrá a ninguno todo por suyo. No son bastantes la sangre, ni la amistad, ni la obligación más apretante, que va grande diferencia de entregar el pecho o la voluntad. La mayor unión admite excepción; ni por eso se ofenden las leyes de la fineza. Siempre se reserva algún secreto para sí el amigo, y se recata en algo el mismo hijo de su padre; de unas cosas se celan con unos que comunican a otros, y al contrario, con que se viene uno a conceder todo y negar todo, distinguiendo los términos de la correspondencia.

261. No proseguir la necedad. Hacen algunos empeño del desacierto, y porque comenzaron a errar, les parece que es constancia el proseguir. Acusan en el foro interno su yerro, y en el externo lo excusan, con que si cuando comenzaron la necedad fueron notados de inadvertidos, al proseguirla son confirmados en necios. Ni la promesa inconsiderada, ni la resolución errada inducen

obligación. De esta suerte continúan algunos su primera grosería y llevan adelante su cortedad: quieren ser constantes impertinentes.

262. Saber olvidar: más es dicha que arte. Las cosas que son más para olvidadas son las más acordadas. No sólo es villana la memoria para faltar cuando más fue menester, pero necia para acudir cuando no convendría: en lo que ha de dar pena es prolija y en lo que había de dar gusto es descuidada. Consiste a veces el remedio del mal en olvidarlo, y olvídase el remedio. Conviene, pues, hacerla a tan cómodas costumbres, porque basta a dar felicidad o infierno. Exceptúanse los satisfechos, que en el estado de su inocencia gozan de su simple felicidad.

263. Muchas cosas de gusto no se han de poseer en propiedad. Más se goza de ellas ajenas que propias. El primer día es lo bueno para su dueño, los demás para los extraños. Gózanse las cosas ajenas con doblada fruición, esto es, sin el riesgo del daño y con el gusto de la novedad. Sabe todo mejor a privación: hasta el agua ajena se miente néctar. El tener las cosas, a más de que disminuye la fruición, aumenta el enfado tanto de prestarlas como de no prestarlas. No sirve sino de mantenerlas para otros, y son más los enemigos que se cobran que los agradecidos.

264. No tenga días de descuido. Gusta la suerte de pegar una burla, y atropellará todas las contingencias para coger desapercibido. Siempre han de estar a prueba el ingenio, la cordura y el valor; hasta la belleza, porque el día de su confianza será el de su descrédito. Cuando más fue menester el cuidado, faltó siempre, que el no pensar es la zancadilla del perecer. También suele ser estratagema de la ajena atención coger al descuido las perfecciones para el riguroso examen del apreciar. Sábense ya los días de la ostentación, y perdónalos la astucia, pero el día que menos se esperaba, ése escoge para la tentativa del valer.

265. Saber empeñar los dependientes. Un empeño en su ocasión hizo personas a muchos, así como un ahogo saca nadadores. De esta suerte descubrieron muchos el valor, y aun el saber, que quedara sepultado en su encogimiento si no se hubiera ofrecido la ocasión. Son los aprietos lances de reputación, y puesto el noble en contingencias de honra, obra por mil. Supo con eminencia esta lección de empeñar la católica reina Isabela, así como todas las demás; y a este político favor debió el Gran Capitán su renombre, y otros muchos su eterna fama: hizo grandes hombres con esta sutileza.

266. No ser malo de puro bueno. Eslo el que nunca se enoja: tienen poco de personas los insensibles. No nace siempre de indolencia, sino de incapacidad. Un sentimiento en su ocasión es acto personal. Búrlanse luego las aves de las apariencias de bultos. Alternar lo agrio con lo dulce es prueba de buen gusto: sola la dulzura es para niños y necios. Gran mal es perderse de puro bueno en este sentido de insensibilidad.

267. Palabras de seda, con suavidad de condición. Atraviesan el cuerpo las jaras, pero las malas palabras el alma. Una buena pasta hace que huela bien la boca. Gran sutileza del vivir, saber vender el aire. Lo más se paga con palabras, y bastan ellas a desempeñar una imposibilidad. Negóciase en el aire con el aire, y alienta mucho el aliento soberano. Siempre se ha de llevar la boca llena de azúcar para confitar palabras, que saben bien a los mismos enemigos. Es el único medio para ser amable el ser apacible.

268. Haga al principio el cuerdo lo que el necio al fin. Lo mismo obra el uno que el otro; sólo se diferencian en los tiempos: aquél en su sazón y éste sin ella. El que se calzó al principio el entendimiento al revés, en todo lo demás prosigue de ese modo: lleva entre pies lo que había de poner sobre su cabeza; hace siniestra de la diestra, y así es tan zurdo en todo su proceder. Sólo hay un buen caer en la cuenta. Hacen por fuerza lo que pudieran de grado; pero el discreto

luego ve lo que se ha de hacer, tarde o temprano, y ejecútalo con gusto y con reputación.

269. Válgase de su novedad, que mientras fuere nuevo, será estimado. Aplace la novedad, por la variedad, universalmente; refréscase el gusto y estímase más una medianía flamante que un extremo acostumbrado. Rózanse las eminencias, y viénense a envejecer; y advierta que durará poco esa gloria de novedad: a cuatro días le perderán el respeto. Sepa, pues, valerse de esas primicias de la estimación y saque en la fuga del agradar todo lo que pudiera pretender; porque si se pasa el calor de lo reciente, resfriaráse la pasión, y trocarse ha el agrado de nuevo en enfado de acostumbrado, y crea que todo tuvo también su vez, y que pasó.

270. No condenar solo lo que a muchos agrada. Algo hay bueno, pues satisface a tantos; y, aunque no se explica, se goza. La singularidad siempre es odiosa; y cuando errónea, ridícula; antes desacreditará su mal concepto que el objeto; quedarse ha solo con su mal gusto. Si no sabe topar con lo bueno, disimule su cortedad y no condene a bulto, que el mal gusto ordinariamente nace de la ignorancia. Lo que todos dicen, o es, o quiere ser.

271. El que supiere poco, téngase siempre a lo más seguro. En toda profesión; que aunque no le tengan por sutil, le tendrán por fundamental. El que sabe puede empeñarse y obrar de fantasía; pero saber poco y arriesgarse es voluntario precipicio. Téngase siempre a la mano derecha, que no puede faltar lo asentado. A poco saber, camino real; y a toda ley, tanto del saber como del ignorar, es más cuerda la seguridad que la singularidad.

272. Vender las cosas a precio de cortesía, que es obligar más. Nunca llegará el pedir del interesado al dar del generoso obligado. La cortesía no da, sino que empeña, y es la galantería la mayor obligación. No hay cosa más cara para el hombre de bien que la que se le da: es venderla dos veces, y a dos precios, del valor y de la

cortesía. Verdad es que para el ruin es algarabía la galantería, porque no entiende los términos del buen término.

273. Comprehensión de los genios con quien trata: para conocer los intentos. Conocida bien la causa, se conoce el efecto, antes en ella y después en su motivo. El melancólico siempre agüera infelicidades, y el maldiciente culpas: todo lo peor se les ofrece, y no percibiendo el bien presente, anuncian el posible mal. El apasionado siempre habla con otro lenguaje diferente de lo que las cosas son; habla en él la pasión, no la razón. Y cada uno, según su afecto o su humor. Y todos muy lejos de la verdad. Sepa descifrar un semblante y deletrear el alma en los señales. Conozca al que siempre ríe por falto, y al que nunca por falso. Recátese del preguntador, o por fácil, o por notante. Espere poco bueno del de mal gesto, que suelen vengarse de la naturaleza estos, y así como ella los honró poco a ellos, la honran poco a ella. Tanta suele ser la necedad cuanta fuere la hermosura.

274. Tener la atractiva: que es un hechizo políticamente cortés. Sirva el garabato galante más para atraer voluntades que utilidades, o para todo. No bastan méritos si no se valen del agrado, que es el que da la plausibilidad, el más práctico instrumento de la soberanía. Un caer en picadura es suerte, pero socórrese del artificio, que donde hay gran natural asienta mejor lo artificial. De aquí se origina la pía afición, hasta conseguir la gracia universal.

275. Corriente, pero no indecente. No esté siempre de figura y de enfado; es ramo de galantería. Hase de ceder en algo al decoro para ganar la afición común. Alguna vez puede pasar por donde los más; pero sin indecencia, que quien es tenido por necio en público no será tenido por cuerdo en secreto. Más se pierde en un día genial que se ganó en toda la seriedad. Pero no se ha de estar siempre de excepción: el ser singular es condenar a los otros; menos, afectar melindres; déjense para su sexo: aun los espirituales son ridículos. Lo mejor de un hombre es parecerlo; que la mujer puede afectar con perfección lo varonil, y no al contrario.

276. Saber renovar el genio con la naturaleza y con el arte. De siete en siete años dicen que se muda la condición: sea para mejorar y realzar el gusto. A los primeros siete entra la razón; entre después, a cada lustro, una nueva perfección. Observe esta variedad natural para ayudarla y esperar también de los otros la mejoría. De aquí es que muchos mudaron de porte, o con el estado, o con el empleo; y a veces no se advierte, hasta que se ve, el exceso de la mudanza. A los veinte años será pavón; a los treinta, león; a los cuarenta, camello; a los cincuenta, serpiente; a los sesenta, perro; a los setenta, mona; y a los ochenta, nada.

277. Hombre de ostentación. Es el lucimiento de las prendas. Hay vez para cada una: lógrese, que no será cada día el de su triunfo. Hay sujetos bizarros en quienes lo poco luce mucho, y lo mucho hasta admirar. Cuando la ostentativa se junta con la eminencia, pasa por prodigio. Hay naciones ostentosas, y la española lo es con superioridad. Fue la luz pronto lucimiento de todo lo criado. Llena mucho el ostentar, suple mucho y da un segundo ser a todo, y más cuando la realidad se afianza. El cielo, que da la perfección, previene la ostentación, que cualquiera a solas fuera violenta. Es menester arte en el ostentar: aun lo muy excelente depende de circunstancias y no tiene siempre vez. Salió mal la ostentativa cuando le faltó su sazón. Ningún realce pide ser menos afectado, y perece siempre de este desaire, porque está muy al canto de la vanidad, y ésta del desprecio. Ha de ser muy templada porque no dé en vulgar, y con los cuerdos está algo desacreditada su demasía. Consiste a veces más en una elocuencia muda, en un mostrar la perfección al descuido; que el sabio disimulo es el más plausible alarde, porque aquella misma privación pica en lo más vivo a la curiosidad. Gran destreza suya no descubrir toda la perfección de una vez, sino por brújula irla pintando, y siempre adelantando; que un realce sea empeño de otro mayor, y el aplauso del primero, nueva expectación de los demás.

278. Huir la nota en todo. Que en siendo notados, serán defectos los mismos realces. Nace esto de singularidad, que siempre fue censurada; quédase solo el singular. Aun lo lindo, si sobresale, es descrédito; en haciendo reparar, ofende, y mucho más singularidades desautorizadas. Pero en los mismos vicios quieren algunos ser conocidos, buscando novedad en la ruindad para conseguir tan infame fama. Hasta en lo entendido lo sobrado degenera en bachillería.

279. No decir al contradecir. Es menester diferenciar cuándo procede de astucia o vulgaridad. No siempre es porfía, que tal vez es artificio. Atención, pues, a no empeñarse en la una ni despeñarse en la otra. No hay cuidado más logrado que en espías, y contra la ganzúa de los ánimos no hay mejor contratreta que el dejar por dentro la llave del recato.

280. Hombre de ley. Está acabado el buen proceder, andan desmentidas las obligaciones, hay pocas correspondencias buenas: al mejor servicio, el peor galardón, a uso ya de todo el mundo. Hay naciones enteras proclives al maltrato: de unas se teme siempre la traición; de otras, la inconstancia; y de otras, el engaño. Sirva, pues, la mala correspondencia ajena, no para la imitación, sino para la cautela. Es el riesgo de desquiciar la entereza a vista del ruin proceder. Pero el varón de ley nunca se olvida de quién es por lo que los otros son.

281. Gracia de los entendidos. Más se estima el tibio sí de un varón singular que todo un aplauso común, porque regüeldos de aristas no alientan. Los sabios hablan con el entendimiento, y así su alabanza causa una inmortal satisfacción. Redujo el juicioso Antígono todo el teatro de su fama a solo Zenón, y llamaba Platón toda su escuela a Aristóteles. Atienden algunos a sólo llenar el estómago, aunque sea de broza vulgar. Hasta los soberanos han menester a los que escriben, y teman más sus plumas que las feas los pinceles.

282. Usar de la ausencia: o para el respeto, o para la estimación. Si la presencia disminuye la fama, la ausencia la aumenta. El que ausente fue tenido por león, presente fue ridículo parto de los montes. Deslústranse las prendas si se rozan, porque se ve antes la corteza del exterior que la mucha sustancia del ánimo. Adelántase más la imaginación que la vista, y el engaño, que entra de ordinario por el oído, viene a salir por los ojos. El que se conserva en el centro de su opinión conserva la reputación; que aun la fénix se vale del retiro para el decoro, y del deseo para el aprecio.

283. Hombre de inventiva a lo cuerdo. Arguye exceso de ingenio, pero)cuál será sin el grano de demencia? La inventiva es de ingeniosos; la buena elección, de prudentes. Es también de gracia, y más rara, porque el elegir bien lo consiguieron muchos; el inventar bien, pocos, y los primeros en excelencia y en tiempo. Es lisonjera la novedad, y si feliz, da dos realces a lo bueno. En los asuntos del juicio es peligrosa por lo paradojo; en los del ingenio, loable; y si acertadas, una y otra plausibles.

284. No sea entremetido, y no será desairado. Estímese, si quisiere que le estimen. Sea antes avaro que pródigo de sí. Llegue deseado, y será bien recibido. Nunca venga sino llamado, ni vaya sino embiado. El que se empeña por sí, si sale mal, se carga todo el odio sobre sí; y si sale bien, no consigue el agradecimiento. Es el entremetido terrero de desprecios, y por lo mismo que se introduce con desvergüenza es tripulado en confusión.

285. No perecer de desdicha ajena. Conozca al que está en el lodo, y note que le reclamará para hacer consuelo del recíproco mal. Buscan quien les ayude a llevar la desdicha, y los que en la prosperidad le daban espaldas, ahora la mano. Es menester gran tiento con los que se ahogan para acudir al remedio sin peligro.

286. No dejarse obligar del todo, ni de todos, que sería ser esclavo y común. Nacieron unos más dichosos que otros, aquellos para hacer bien y estos para recibirle. Más preciosa es la libertad que la dádiva, porque se pierde. Guste más que dependan de él muchos que no depender él de uno. No tiene otra comodidad el mando sino el poder hacer más bien. Sobre todo, no tenga por favor la obligación en que se mete, y las más veces la diligenciará la astucia ajena para prevenirle.

287. Nunca obrar apasionado: todo lo errará. No obre por sí quien no está en sí, y la pasión siempre destierra la razón. Sustituya entonces un tercero prudente, que lo será, si desapasionado: siempre ven más los que miran que los que juegan, porque no se apasionan. En conociéndose alterado, toque a retirar la cordura, porque no acabe de encendérsele la sangre, que todo lo ejecutará sangriento, y en poco rato dará materia para muchos días de confusión suya y murmuración ajena.

288. Vivir a la ocasión. El gobernar, el discurrir, todo ha de ser al caso. Querer cuando se puede, que la sazón y el tiempo a nadie aguardan. No vaya por generalidades en el vivir, si ya no fuere en favor de la virtud, ni intime leyes precisas al querer, que habrá de beber mañana del agua que desprecia hoy. Hay algunos tan paradojamente impertinentes, que pretenden que todas las circunstancias del acierto se ajusten a su manía, y no al contrario. Mas el sabio sabe que el norte de la prudencia consiste en portarse a la ocasión.

289. El mayor desdoro de un hombre: es dar muestras de que es hombre. Déjanle de tener por divino el día que le ven muy humano. La liviandad es el mayor contraste de la reputación. Así como el varón recatado es tenido por más que hombre, así el liviano por menos que hombre. No hay vicio que más desautorice, porque la liviandad se opone frente a frente a la gravedad. Hombre liviano no puede ser de sustancia, y más si fuere anciano, donde la edad le

obliga a la cordura. Y con ser este desdoro tan de muchos, no le quita el estar singularmente desautorizado.

290. Es felicidad juntar el aprecio con el afecto: no ser muy amado para conservar el respeto. Más atrevido es el amor que el odio; afición y veneración no se juntan bien; y aunque, no ha de ser uno muy temido ni muy querido. El amor introduce la llaneza, y al paso que ésta entra, sale la estimación. Sea amado antes apreciativamente que afectivamente, que es amor muy de personas.

291. Saber hacer la tentativa. Compita la atención del juicioso con la detención del recatado: gran juicio se requiere para medir el ajeno. Más importa conocer los genios y las propiedades de las personas que de las yerbas y piedras. Acción es esta de las más sutiles de la vida: por el sonido se conocen los metales y por el hablar las personas. Las palabras muestran la entereza, pero mucho más las obras. Aquí es menester el extravagante reparo, la observación profunda, la sutil nota y la juiciosa crisis.

292. Venza el natural las obligaciones del empleo, y no al contrario. Por grande que sea el puesto, ha de mostrar que es mayor la persona. Un caudal con ensanches vase dilatando y ostentando más con los empleos. Fácilmente le cogerán el corazón al que le tiene estrecho, y al cabo viene a quebrar con obligación y reputación. Preciábase el grande Augusto de ser mayor hombre que príncipe. Aquí vale la alteza de ánimo, y aun aprovecha la confianza cuerda de sí.

293. De la madurez. Resplandece en el exterior, pero más en las costumbres. La gravedad material hace precioso al oro, y la moral a la persona. Es el decoro de las prendas, causando veneración. La compostura del hombre es la fachada del alma. No es necedad con poco meneo, como quiere la ligereza, sino una autoridad muy sosegada. Habla por sentencias, obra con aciertos. Supone un hombre muy hecho, porque tanto tiene de persona cuanto de

madurez. En dejando de ser niño, comienza a ser grave y autorizado.

294. Moderarse en el sentir. Cada uno hace concepto según su conveniencia, y abunda de razones en su aprehensión. Cede en los más el dictamen al afecto. Acontece el encontrarse dos contradictoriamente y cada uno presume de su parte la razón; mas ella, fiel, nunca supo hacer dos caras. Proceda el sabio con refleja en tan delicado punto; y así el recelo propio reformará la calificación del proceder ajeno. Póngase tal vez de la otra parte; examínele al contrario los motivos. Con esto, ni le condenará a él, ni se justificará a sí tan a lo desalumbrado.

295. No hazañero, sino hazañoso. Hacen muy de los hacendados los que menos tienen para qué. Todo lo hacen misterio, con mayor frialdad: camaleones del aplauso, dando a todos hartazgos de risa. Siempre fue enfadosa la vanidad, aquí reída: andan mendigando hazañas las hormiguillas del honor. Afecte menos sus mayores eminencias. Conténtese con hacer, y deje para otros el decir. Dé las hazañas, no las venda; ni se han de alquilar plumas de oro para que escriban lodo, con asco de la cordura. Aspire antes a ser heroico que a sólo parecerlo.

296. Varón de prendas, y majestuosas. Las primeras hacen los primeros hombres. Equivale una sola a toda una mediana pluralidad. Gustaba aquel que todas sus cosas fuesen grandes, hasta las usuales alhajas. (Cuánto mejor el varón grande debe procurar que las prendas de su ánimo lo sean! En Dios todo es infinito, todo inmenso; así en un héroe todo ha de ser grande y majestuoso, de suerte que todas sus acciones, y aun razones, vayan revestidas de una trascendente grandiosa majestad.

297. Obrar siempre como a vista. Aquel es varón remirado que mira que le miran o que le mirarán. Sabe que las paredes oyen y que lo mal hecho revienta por salir. Aun cuando solo, obra como a vista de todo el mundo, porque sabe que todo se sabrá; ya mira como a testigos ahora a los que por la noticia lo serán después. No se recataba de que le podían registrar en su casa desde las ajenas el que deseaba que todo el mundo le viese.

298. Tres cosas hacen un prodigio, y son el don máximo de la suma liberalidad: ingenio fecundo, juicio profundo y gusto relevantemente jocundo. Gran ventaja concebir bien, pero mayor discurrir bien, entendimiento del bueno. El ingenio no ha de estar en el espinazo, que sería más ser laborioso que agudo. Pensar bien es el fruto de la racionalidad. A los veinte años reina la voluntad, a los treinta el ingenio, a los cuarenta el juicio. Hay entendimientos que arrojan de sí luz, como los ojos del lince, y en la mayor oscuridad discurren más; haylos de ocasión, que siempre topan con lo más a propósito. Ofréceseles mucho y bien: felicísima fecundidad. Pero un buen gusto sazona toda la vida.

299. Dejar con hambre. Hase de dejar en los labios aun con el néctar. Es el deseo medida de la estimación; hasta la material sed es treta de buen gusto picarla, pero no acabarla. Lo bueno, si poco, dos veces bueno. Es grande la baja de la segunda vez: hartazgos de agrado son peligrosos, que ocasionan desprecio a la más eterna eminencia. Única regla de agradar: coger el apetito picado con el hambre con que quedó. Si se ha de irritar, sea antes por impaciencia del deseo que por enfado de la fruición: gústase al doble de la felicidad penada.

300. En una palabra, santo, que es decirlo todo de una vez. Es la virtud cadena de todas las perfecciones, centro de las felicidades. Ella hace un sujeto prudente, atento, sagaz, cuerdo, sabio, valeroso, reportado, entero, feliz, plausible, verdadero y universal héroe. Tres eses hacen dichoso: santo, sano y sabio. La virtud es el sol del mundo menor, y tiene por hemisferio la buena conciencia; es tan

hermosa, que se lleva la gracia de Dios y de las gentes. No hay cosa amable sino la virtud, ni aborrecible sino el vicio. La virtud es cosa de veras, todo lo demás de burlas. La capacidad y grandeza se ha de medir por la virtud, no por la fortuna. Ella sola se basta a sí misma. Vivo el hombre, le hace amable; y muerto, memorable.